En apparence,
le silence...

DU MÊME AUTEUR

UN JOUR LA JUMENT VA PARLER…, Mortagne, 1983.
J'ESPÈRE AU MOINS QU'Y VA FAIRE BEAU!, Mortagne, 1985.
DES CERISIERS EN FLEURS, C'EST SI JOLI!, Mortagne, 1987.
COMME UN ORAGE EN FÉVRIER…, Mortagne, 1990.
NE PLEUREZ PAS TANT, LYSANDRE…, Libre Expresion, 1993.
LA GRANDE HERMINE AVAIT DEUX SŒURS, Libre Expression, 1995.

Marcelyne Claudais

En apparence,
le silence…

Libre Expression

Données de catalogage avant publication (Canada)

Claudais, Marcelyne

En apparence, le silence

ISBN 2-89111-752-2

I. Titre

PS8555.L383E5 1997   C843'.54   C97-941135-1
PS9555.L383E5 1997
PQ3919.2.C52E5 1997

Illustration de la couverture
EMMANUEL CLAUDAIS

Maquette de la couverture
FRANCE LAFOND

Infographie et mise en pages
SYLVAIN BOUCHER

Les Éditions Libre Expression remercient
le Conseil des Arts du Canada et la Société de développement
des entreprises culturelles du soutien accordé
à son programme d'édition dans le cadre de leurs programmes
de subventions globales aux éditeurs.

© Éditions Libre Expression
2016, rue Saint-Hubert
Montréal (Québec) H2L 3Z5

Dépôt légal :
4e trimestre 1997

ISBN 2-89111-752-2

Avertissement au lecteur

Cette histoire est complètement imaginaire, et toute ressemblance avec des personnages ou des faits réels ne serait que pure coïncidence.

Remerciements

Pour leur précieuse collaboration, je tiens à remercier particulièrement les personnes suivantes : Marie-Nathalie Claudais, Daniel Payette, Raymonde Rivest, Raymond Trudeau et Gilles Lebœuf.

À Lise Payette.

1

En apparence, le silence...

De loin, Ginette Corbeil n'avait rien vu, rien remarqué, si ce n'est le mince filet de lumière qui éclairait le balcon par la porte entrouverte. Elle a pensé : «Igor n'est pas couché, il doit être en colère», puis elle a garé sa voiture comme elle le faisait chaque soir, c'est-à-dire de travers, sans s'occuper des balises phosphorescentes qui délimitent, en hiver, les contours du terrain.

Pressée de rentrer, elle a grimpé le perron en courant, mais, à la dernière marche, elle a manqué le pas et a failli s'écraser sur le cadavre de son amant qui gisait là, sur le paillasson, le corps à moitié recouvert de neige. Trop choquée pour réagir, Ginette s'est figée sur place. Tremblant de tout son être, elle regardait Igor avec stupéfaction, sans même oser s'agenouiller pour lui fermer les yeux. C'est à ce moment-là qu'elle a remarqué le chat. Prise de panique, elle s'est mise à crier de toutes ses forces. Ginette hurlait à fendre l'âme, mais la rue était déserte et personne ne pouvait l'entendre. Quand le silence est hermétique, il engendre la peur, la vraie peur, la sournoise, l'effrayante…

— Allô, police, venez vite!

Quand les policiers sont arrivés, une femme terrifiée les attendait sur le balcon avec un chat mort dans les bras.

— Votre nom?

— Ginette Corbeil.

— Connaissez-vous le nom de la victime?

— Igor de Pourceaugnac… euh!… non… Igor Cauchon!

— Cauchon ou de Pourceaugnac?

— Tout le monde l'appelait de Pourceaugnac.

Tout nu, Igor s'appelait Cauchon, comme l'évêque de Beauvais qui présidait le procès de Jeanne d'Arc. De Pourceaugnac, c'était en quelque sorte son nom de plume, ou plutôt de «plumeur», puisqu'il vivait des livres mais n'en écrivait pas.

— Vous êtes sa femme?

— Si tu veux!

Hypnotisée par les gyrophares, Ginette Corbeil regardait droit devant elle, tandis que, dans sa tête, sa vie se déroulait au ralenti. Perdue dans un rêve éveillé, elle revoyait un à un tous les détails des longues années d'enfer qu'Igor de Pourceaugnac venait de lui faire vivre.

Ils s'étaient rencontrés un soir d'hiver, dans un hôtel des Laurentides où le célèbre éditeur s'était réfugié, bloqué par une tempête qui l'empêchait de rentrer chez lui. Par malheur ou par chance, Ginette Corbeil s'y trouvait aussi. Elle avait fait ce long trajet jusqu'à Mont-Laurier dans l'espoir d'y rejoindre un vieil ami qui, hélas, était déjà reparti. La nuit tombait. Ginette se sentait seule. Et comme il n'y avait rien d'autre à faire que de laisser passer le temps, elle s'était réfugiée au coin du feu pour ne plus entendre le sifflement du vent qui bousculait les branches alourdies de verglas. Elle ne le savait pas, mais le Destin était au rendez-vous. Assis dans un fauteuil, juste à côté d'elle, Igor de Pourceaugnac lisait tranquillement son journal, sans s'occuper ni du feu ni du vent.

— Avez-vous été témoin de quelque chose?

— Pardon?

— Ce soir, avez-vous été témoin de quelque chose?

— Non, je l'ai trouvé là en arrivant.

— D'où veniez-vous?

— Du *Crazy Love*.

— Du *Crazy Love*?

— Oui, c'est un bar; je suis danseuse.

— Danseuse, je vois!

À son air, Ginette Corbeil a deviné que le sergent Mayrand qui l'interrogeait pourrait être tenté de farfouiller dans sa vie privée et, d'instinct, elle a senti le besoin de se protéger.

— Mais j'ai rien fait, moi!

— Rassurez-vous, madame, personne ne vous accuse.

— C'est vrai, je te le jure, j'étais même pas là !

— Revenons-en à la victime. Vous connaissiez cet homme depuis longtemps ?

— Trois ans !

Trois ans ou trois siècles ? Soudain, Ginette Corbeil a l'impression de n'avoir jamais existé avant Igor, d'avoir été créée par lui, manipulée par lui, domptée par lui. Mais Igor de Pourceaugnac l'a-t-il seulement déjà aimée ? Au début, oui, sûrement, puisqu'ils avaient fait l'amour à cœur de jour et à cœur de nuit, pendant ce long week-end durant lequel ils avaient joué à faire connaissance. Jamais Ginette n'avait dansé pour un homme avec autant de passion. Jamais Igor n'avait regardé une danseuse avec autant de désir. Elle était son secret, son péché, son vice. Quand elle se faisait chienne, Igor était son maître.

Pourtant Ginette aurait préféré que tout se passe autrement, qu'il la baise en douceur, tendrement, sans violence. Elle attendait de lui qu'il l'aime, la protège et l'aide à s'éloigner de ce milieu sordide où elle usait sa vie à force de la gagner. Hélas ! malgré la particule, Monsieur de Pourceaugnac n'était pas homme à ennoblir sa maîtresse. Au contraire, quand elle rentrait trop tard, il la traitait de salope et, pour mieux la punir, l'attachait à son lit.

— Madame Corbeil, quels étaient vos sentiments à l'égard de la victime ?

Un premier sanglot l'a secouée brusquement, comme un râle.

— Je l'aimais.

— Vous l'aimiez?

— Oui!

— Alors, parlez-moi de lui.

Incapable de rapailler ses idées, Ginette balbutiait des phrases incompréhensibles, en s'interrompant de temps en temps pour renifler ou s'essuyer les yeux avec un bout de *kleenex* tout chiffonné. Visiblement, elle avait froid. Et pour mieux préserver sa chaleur, elle se recroquevillait et croisait les bras en étirant au maximum les manches de son chandail. Le sergent Mayrand continuait de l'observer. Elle aurait voulu lui échapper, mais il la fixait, prêt à saisir la moindre faille, à explorer le moindre filon. Impressionnée par la lourdeur de ce regard posé sur elle, Ginette a décidé de tout réinventer.

— Igor m'aimait!… Même qu'il voulait me faire un enfant… C'est vrai!… Il avait promis de m'épouser… De m'épouser et puis de m'emmener en voyage… En voyage de noces, à Paris!… Igor aimait beaucoup Paris… C'est vrai!… La date était choisie : le 20 juillet, le jour de son anniversaire!

— Quel âge avait-il?

— Quarante-neuf ans.

— Et vous?

— Quoi, moi?

— Quel âge avez-vous?

— Ça ne paraît pas, mais je viens d'en avoir trente.

Peut-être par coquetterie, peut-être par lassitude, Ginette Corbeil esquissait un léger sourire à travers ses larmes, comme pour se prouver qu'elle était encore en vie. Le sergent Mayrand a saisi l'occasion pour revenir à la charge.

— Madame Corbeil, vous ne possédez aucun indice qui pourrait nous aider?

Complètement vidée, Ginette l'a regardé en faisant semblant de réfléchir. Puis elle a secoué lourdement la tête.

— Non, je ne vois pas, Igor n'avait que des amis.

2

Ce jeudi-là, Igor de Pourceaugnac avait convié le fin gratin de la littérature québécoise à un cocktail intime, dans le but de célébrer la nomination officielle de René Masson au poste tant convoité de directeur littéraire. Le célèbre éditeur espérait ainsi redorer le blason des Éditions De Pourceaugnac, qui se ternissait à vue d'œil depuis qu'une dizaine d'écrivains avaient osé porter plainte en haut lieu pour lui réclamer des redevances impayées. Cette atteinte à sa réputation risquait d'entraîner la suppression irrévocable de ses indispensables subventions.

Dès midi, une trentaine d'invités, triés sur le volet, sablaient déjà joyeusement le champagne dans la salle de conférences attenante au bureau de celui que les auteurs appelaient respectueusement «monsieur» par en avant, et «porcinet» par en arrière.

— Mais où est donc monsieur de Pourceaugnac?

Au troisième verre de Dom Pérignon, certains journalistes commençaient sérieusement à s'impatienter.

— Ne vous inquiétez pas, il vient tout de suite !

Habituée à couvrir les inconvenances de son patron, Gertrude Corriveau, sa plus fidèle collaboratrice, continuait de faire le service en espérant qu'Igor de Pourceaugnac finirait par sortir de son bunker où il s'était enfermé depuis plus d'une heure avec Anaïs Blain, l'auteure vedette de la maison, qui s'était engagée à lui soumettre, ce jour même, le manuscrit de son quatrième roman.

Graduellement, le ton montait et il aurait fallu être sourd pour ne pas entendre que l'éditeur et la romancière s'engueulaient souverainement. Leur discussion devenait à ce point orageuse que les portes capitonnées ne suffisaient plus à étouffer leurs voix.

— Mais puisque je te dis qu'il ne me reste que l'épilogue !

— Je t'accorde vingt-quatre heures, tu m'entends ? Vingt-quatre heures, pas une minute de plus !

À bout d'arguments, Anaïs Blain avait fini par hausser les épaules. Un geste jugé irrévérencieux par Igor de Pourceaugnac qui, insulté, cherchait à l'intimider en la pointant du doigt.

— N'oublie pas que je te tiens par contrat, ma cocotte !

Hélas, la « cocotte » ne le savait que trop. Mais elle savait également que l'orgueilleux Igor adorait montrer son petit côté vulgaire chaque fois que l'adversaire devenait plus fort que lui.

— Ah ! il est là, le cher homme !

Gainée dans un collant léopard, Ruth Lanteigne a foncé dans le bureau d'Igor avec l'assurance que lui conférait sa réputation de femme-panthère. En l'apercevant, Igor de Pourceaugnac s'est empressé de faire demi-tour pour présenter à son ancienne maîtresse son délicieux côté givré.

— Ruth, ma chérie, quelle bonne surprise! Mais qu'est-ce que tu viens faire ici?

— Mon cher Igor, tu ne vas tout de même pas me reprocher de surveiller mes intérêts?

Tout en parlant, Ruth Lanteigne s'est accrochée familièrement au bras de son vieil ami, dans le but de l'éloigner d'Anaïs Blain et de l'attirer subrepticement dans son giron. Tout le monde savait, dans le milieu littéraire, qu'Igor et Ruth avaient autrefois été amants. Et que s'ils étaient restés *amis*, malgré leurs innombrables disputes, c'était uniquement à cause de l'argent. De tout cet argent qu'Igor de Pourceaugnac avait empilé dans des coffres au trésor dont Ruth Lanteigne avait soigneusement conservé la clé. Car si, de prime abord, cette femme éblouissante n'avait rien d'une intellectuelle, en revanche elle savait mieux que personne s'attirer la confiance des hommes et s'approprier tous les atouts d'une transaction avantageuse.

Au temps de leurs anciennes amours, Igor avait surnommé Ruth sa «p'tite p'lote en peluche». Absolument convaincu que sa maîtresse lui portait chance, il la traînait partout comme un superstitieux accroche une patte de lapin au bout de son porte-clés. Leurs frasques passionnées les avaient sans doute rendus célèbres, mais leurs engueulades encore plus. Complices inséparables, ils vivaient l'un pour l'autre en rêvant de se tuer…

* * *

— Madame Lanteigne?

— C'est moi.

— Police! On peut entrer?

— Bien sûr!

Tragédienne dans l'âme, Ruth Lanteigne emprunte aussitôt des allures de vierge triste.

— Excusez-moi, je viens d'apprendre…

Elle s'interrompt volontairement pour avoir l'air plus affligée, puis, sans même attendre que l'autre policier soit entré, elle file vers sa chambre en les laissant seuls dans le vestibule.

Avec une certaine insouciance, Ruth passe le peignoir de soie mauve qu'Igor de Pourceaugnac lui avait offert au lendemain d'une nuit d'orgie. Puis, sans se bousculer d'aucune façon, elle s'installe devant son miroir, corrige son maquillage, puis torsade ses longs cheveux noirs dans une résille ornée de paillettes.

— Voilà, messieurs, je suis à vous!

Élégante, vaporeuse, Ruth Lanteigne s'avance à pas comptés en répandant autour d'elle un parfum capiteux.

— Je vous en prie, messieurs!

Après avoir invité les deux hommes à s'asseoir sur le canapé de cuir blanc qui fait face à la fenêtre, Ruth Lanteigne s'allonge nonchalamment sur un divan de velours rose placé en biais près du foyer où une bûche d'érable crépitait déjà.

20

— Madame Lanteigne, depuis combien de temps connaissiez-vous Igor de Pourceaugnac ?

— Oh mon Dieu ! depuis toujours !

— Quand l'avez-vous vu pour la dernière fois ?

— Hier matin, au cocktail de presse.

— Et avant ?

— Avant, c'était il y a deux mois… non, trois !

— C'est deux ou c'est trois ?

Ruth ne le sait plus. Mais elle soutient ne pas avoir revu son ami Igor récemment et ne pas lui avoir téléphoné non plus.

— Pour quelle raison ?

— J'étais en voyage.

— Avec qui ?

— Avec ma mère.

— Avec votre mère ?

— Exactement.

— Et… où étiez-vous, hier soir ?

Visiblement embarrassée, Ruth Lanteigne hésite.

— Je… euh !… je crois que j'étais ici, chez moi.

— Vous croyez ou vous en êtes sûre ?

— J'en suis sûre !

— Toute seule ?

— Pourquoi, mon beau, vous étiez libre ?

21

Pris au dépourvu, le sergent Mayrand fait mine de s'étouffer et doit se retourner pour éviter de perdre son sang-froid devant cette femme aguichante qui le provoque ouvertement.

— Madame Lanteigne, quelles étaient vos relations avec Igor de Pourceaugnac?

— Mais, les meilleures du monde!

Forcée de raconter sa vie, Ruth essaie rapidement de faire le tri parmi tous ses souvenirs afin d'esquisser le portrait le plus flatteur possible de cet amant incomparable. Elle penche la tête par en arrière, baisse langoureusement les yeux et prend sa voix la plus dramatique.

— Igor et moi, c'était magique!

Avec un rien d'imagination, on pourrait entendre le son des violons et voir l'éclairage se tamiser tout seul. Mais le sergent Mayrand reste plus prosaïque.

— Qu'entendez-vous par magique?

— Excusez-moi, monsieur, mais vous ne pouvez pas comprendre. Seuls ceux qui ont connu un grand amour, une grande passion, pourraient savoir de quoi je parle. Igor de Pourceaugnac était tout pour moi. Je l'aimais comme un frère, le vénérait comme un père et l'adorait comme un amant. Naufragés sur une mer houleuse, nous avons traversé de terribles épreuves, rien qu'en nous regardant dans les yeux. Non, vraiment, je vous le jure, je ne m'en remettrai jamais!

Dans une scène d'un dramatique consommé, Ruth ravale ses larmes en se tenant la tête à deux mains.

— Oh non! Ce n'est pas vrai, je ne peux pas le croire! Igor n'avait que des amis!

Quand Ruth Lanteigne se met à sangloter, personne n'oserait douter de la sincérité de ses sentiments. Les policiers eux-mêmes en paraissent bouleversés. Le sergent Mayrand se lève en s'excusant.

— Reposez-vous, madame.

— Merci, mon beau, vous êtes gentil.

— Mais il se pourrait que nous revenions vous voir.

— Je serai toujours à votre entière disposition.

3

Évincée avec éclat par Ruth Lanteigne, Anaïs Blain avait quitté la réception rapidement, en passant par la porte d'en arrière, pour échapper au cirque médiatique qui entourait Igor de Pourceaugnac. Quel contraste ! Malgré la colère qui l'habite, l'écrivaine ne peut s'empêcher de sourire en se rappelant qu'il fut un temps où elle aurait volontiers fait la belle ou dansé sur la tête pour être admise dans le cénacle des écrivains célèbres. C'était il y a dix ans, dix ans et des poussières. À cette époque, la renommée des Éditions De Pourceaugnac n'avait pas encore atteint le prestige de certaines écuries réputées, mais plusieurs de ses poulains révélaient déjà certaines qualités prometteuses.

C'est à René Masson, alors chasseur de têtes, que le majestueux Igor de Pourceaugnac avait confié la mission délicate de dénicher de nouveaux auteurs. Honoré par cette marque de confiance, René Masson se faisait une joie d'assister à tous les lancements dans l'espoir d'y rencontrer les futurs écrivains qui hantent assidûment tous les endroits dits *littéraires* en rêvant de sortir de l'ombre.

— Monsieur de Pourceaugnac, je vous présente Anaïs Blain !

Le sourire de René Masson trahissait l'admiration qu'il vouait à cette jeune écrivaine dont certains initiés lui avaient vanté les talents.

— Je me ferais proxénète si vous étiez putain, madame !

Et ce disant, Igor de Pourceaugnac avait baisé la main d'Anaïs Blain en s'inclinant très bas, avec cette galanterie grivoise qu'il affichait sans gêne quand il voulait faire sensation. Trop surprise pour répondre, la romancière avait planté son regard tout droit dans celui du grand homme. Et, sans trop savoir pourquoi, à ce moment précis, Igor de Pourceaugnac s'était senti petit.

Avec sa longue robe beige ornée d'un col Claudine, cette femme minuscule venait de lui rappeler Olga, sa mère, une belle Française d'origine russe, dont il n'avait jamais réussi à oublier le regard. C'était ça, le regard ! Anaïs Blain avait le même ! D'immenses yeux noirs, perçants, qui lui dénudaient l'âme et lui chaviraient le cœur en ravivant le passé.

— Madame Blain vient d'écrire son tout premier roman et je me suis laissé dire que son manuscrit possédait des qualités indéniables !

René Masson parlait d'abondance tandis qu'Igor de Pourceaugnac dévisageait Anaïs qui avait visiblement décidé de lui tenir tête, comme Olga le faisait lorsqu'il était enfant. Dieu ! qu'à cet instant le petit Igor Cauchon aurait aimé se retrouver entre les bras de sa mère pour respirer son cou, ses cheveux, son haleine et ce petit pli au creux des seins qui exhalait à la fois le parfum et la femme !

— Monsieur de Pourceaugnac, je me suis permis de conseiller à madame Blain de nous envoyer son manuscrit !

Igor a baissé les yeux et la belle Anaïs a intérieurement crié victoire en jetant à René un coup d'œil entendu.

— Dites à votre protégée de l'adresser à mon attention.

Craignant sans doute de paraître vulnérable, Igor de Pourceaugnac s'était adressé à Anaïs par l'entremise de René, réduisant ainsi son meilleur chasseur de têtes au rôle de simple messager. Puis, d'un air condescendant, l'éditeur avait ajouté :

— Je le remettrai moi-même à notre comité de lecture !

Anaïs Blain avait retenu un fou rire. Notre *comité de lecture* ! Quelle farce !

> *Madame,*
>
> *Notre comité de lecture a lu attentivement le manuscrit que vous nous aviez proposé et, nonobstant certaines qualités indéniables, nous avons le regret de vous annoncer que...*

Toujours la même tournure, toujours ces phrases toutes faites qui enrobent la pilule pour la faire avaler. Après plusieurs tentatives infructueuses, Anaïs Blain commençait à en avoir assez de ces prétentieux comités de lecture dont les décisions irrévocables finissaient toujours par la ramener à la case départ en lui retournant son manuscrit dans une grosse enveloppe brune qui se retrouvait entre ses mains comme un vieux boomerang dont elle n'arriverait jamais à se débarrasser.

— J'irai vous le porter moi-même !

Décontenancé par sa témérité, Igor de Pourceaugnac n'avait pas osé rabrouer Anaïs en lui rétorquant que jamais aucun auteur de la maison n'avait fait preuve d'une telle audace. Il s'était contenté de la regarder, sans sourire, en espérant déjà qu'elle tiendrait promesse.

4

Le surlendemain de cette rencontre, Anaïs Blain s'est présentée à la maison d'édition avec son manuscrit sous le bras, bien décidée à le défendre férocement.

— Monsieur de Pourceaugnac, s'il vous plaît!

— Je regrette mais…

— Il m'attend!

Avant même que Muriel Sigouin n'ait le temps de réagir, l'écrivaine avait contourné le poste de la réceptionniste et s'engageait sans hésiter dans le dédale des couloirs interdits qui menaient au bureau du Bon Dieu. Prévenu de son arrivée par un coup de fil discret, Igor de Pourceaugnac se préparait déjà à la recevoir, en comptant un à un les coups de talon qui martelaient joyeusement la parqueterie du corridor.

— Hum! Hum! Monsieur de Pourceaugnac!

Igor regardait obstinément par la fenêtre en feignant d'ignorer la présence d'Anaïs qui avait déjà frappé trois fois.

— Monsieur de Pourceaugnac, je vous ai apporté mon manuscrit.

— Posez-le là.

Il lui parlait en lui tournant le dos pour bien lui signifier que cette visite à l'improviste l'indisposait au plus haut point.

— C'est que… j'aimerais que nous en discutions un peu.

— Alors, dépêchez-vous; j'ai vingt minutes!

C'est alors que, piquée au vif, Anaïs Blain a saisi son manuscrit à bout de bras et l'a déposé violemment sur le bureau d'Igor.

— Je vous apporte le meilleur manuscrit que vous ayez jamais publié et je vous accorde vingt minutes pour me prouver le contraire!

Cette fois, c'en était trop! L'insolence d'Anaïs venait de dépasser les bornes. Furieux, l'éditeur s'est retourné brusquement, bien décidé à la mettre à la porte, quand il s'est aperçu qu'elle portait une robe mauve. Jamais, de toute sa vie, Igor de Pourceaugnac n'avait pu résister à une robe mauve.

— Je vous en prie, madame, assoyez-vous!

Anaïs l'observait à la dérobée par-dessus ses lunettes rondes. Vu sous cet angle, monsieur de Pourceaugnac lui paraissait fragile; si fragile qu'elle ne comprenait pas pourquoi la perspective de cette rencontre venait de lui coûter deux longues nuits d'insomnie. Conscient d'être observé, Igor se sentait tout à coup mal coiffé, mal habillé. Pourtant, intuitivement, il savait qu'elle viendrait et il l'attendait un peu comme on attend l'envoyée du Destin.

— C'est votre tout premier roman?

— Oui.

— Ça me paraît intéressant.

Pour se donner une certaine contenance, Igor de Pourceaugnac froissait les pages et tripotait grossièrement le manuscrit sans oser l'entamer.

— Puis-je savoir quel en est le titre?

— *Le regard de ma mère.*

Touché, muet, complètement sonné, Igor dévisageait Anaïs avec l'air de celui qui vient de recevoir un verre d'eau froide en pleine figure.

— Qu'est-ce qui se passe? Vous n'aimez pas mon titre?

— Au contraire, je le trouve bien... très, très bien!

L'éditeur la fixait avec tant d'insistance que, pour un court instant, Anaïs a pensé qu'elle l'avait insulté. Puis il s'est ressaisi et a poussé le bouton de l'*intercom*.

— Muriel, s'il vous plaît, apportez-nous du café!

* * *

— Votre nom?

— Muriel Sigouin.

— Votre âge?

— Trente-deux ans.

— Profession?

— Réceptionniste.

Debout devant le poste de la réceptionniste, le sergent Mayrand prenait des notes tandis que Muriel Sigouin lui répondait à voix basse, en fixant sans arrêt le bout de ses chaussures.

— Depuis combien de temps occupez-vous ce poste?

— Bientôt dix ans.

Dix ans! Une éternité dans la vie de Muriel Sigouin qui était arrivée aux Éditions De Pourceaugnac par le biais d'une petite annonce trouvée par hasard dans un journal froissé qu'un autre passager avait oublié sur un banc du métro : *Maison d'édition reconnue cherche personne qualifiée, préposée aux communications. Excellente maîtrise du français indispensable. S'adresser à...* Muriel en était sûre, ce poste était pour elle. Aussi est-ce avec enthousiasme qu'elle s'était pointée le jour même à l'adresse indiquée.

— Bonjour! Je viens pour l'annonce.

— Suivez-moi.

Quand Igor de Pourceaugnac l'avait invitée à le suivre dans son bureau, Muriel Sigouin s'était immédiatement sentie choisie, élue, préférée parmi une foule de candidates qu'elle imaginait toutes infiniment plus compétentes qu'elle.

— Nous devons rapidement combler le poste de la réceptionniste.

— De la réceptionniste ? Mais, votre annonce disait : «personne qualifiée, préposée aux communications, excellente maîtrise du français indispensable» !

— Et alors ?

— Alors, je ne sais pas…

Malgré son sourire, Muriel Sigouin éprouvait beaucoup de mal à cacher sa déception. Elle avait tant rêvé de fréquenter le milieu littéraire, de devenir attachée de presse ou correctrice d'épreuves. Vu du dehors, le monde du livre la fascinait.

— Cela vous intéresse ?

— C'est que je m'attendais à autre chose.

— Suffit de faire le premier pas, ensuite…

— Ensuite ?

— Il n'en tiendra qu'à vous de faire vos preuves !

Voyant que Muriel hésitait encore, Igor de Pourceaugnac s'était empressé d'influencer sa décision en lui proposant d'accepter cet emploi à titre temporaire, tout en lui faisant miroiter des possibilités d'avancement et la perspective d'un avenir beaucoup plus intéressant.

— Mademoiselle Sigouin, quelle a été votre première impression en rencontrant monsieur de Pourceaugnac ?

— Je l'ai trouvé un peu guindé mais très affable. Il m'a tout de suite proposé d'assister à un lancement.

— Quand cela ?

— Le soir même !

— Et vous y êtes allée ?

— Bien sûr !

Attablée seule dans un coin retiré du grand salon du Ritz-Carlton, Muriel Sigouin n'en finissait plus de s'émerveiller de tout ce qui se passait autour d'elle. Là-bas, au fond, entourée d'une dizaine d'admirateurs, un jeune auteur vivait sa première heure de gloire derrière une pile de livres qui lui bouchait la vue. Témoin privilégié, Muriel réalisait un rêve. Sans jalousie aucune, elle enviait cet écrivain et savourait sa chance de pouvoir partager avec lui ce moment de grâce où un roman prend forme, où tout est encore possible. C'était la première fois que Muriel Sigouin assistait à un lancement. Et elle en était infiniment reconnaissante envers monsieur de Pourceaugnac qui lui avait permis d'être là. Bien sûr, elle se sentait un peu seule, mais qu'importe ? Elle admirait, elle mangeait, elle buvait. Le vin coulait à flots et lui tournait la tête.

— Ce soir-là, monsieur de Pourceaugnac vous a-t-il présenté une certaine Ruth Lanteigne ?

— Non, il ne m'a présenté personne !

Pourtant, Muriel se souvient fort bien que Ruth Lanteigne était présente puisque, sans la connaître, elle avait remarqué cette belle femme rousse, vêtue d'un long manteau de taffetas marine, qui papillonnait d'un homme à l'autre, tandis qu'Igor la talonnait pour essayer de l'empêcher de boire.

— Quelle était l'attitude de monsieur de Pourceaugnac?

— Il était très sollicité.

— Par qui?

— Par tout le monde.

En fait, ce n'est qu'à la toute fin de la soirée qu'Igor de Pourceaugnac a daigné remarquer sa présence : «Ah! Muriel, vous étiez là! Et moi qui vous cherchais partout! Vous permettez que je vous raccompagne?» Intimidée, Muriel Sigouin s'était presque sentie obligée d'accepter. Un peu ivre, Igor roulait vite, beaucoup trop vite au goût de Muriel qui n'arrivait plus à reconnaître la route. D'abord elle a pensé : «Il prend un raccourci», puis elle s'est ravisée quand elle s'est rendu compte qu'Igor engageait sa voiture dans une allée déserte. Elle lui a demandé : «Où allons-nous?» et il lui a répondu : «Ici», en posant sur sa cuisse une main lourde et chaude. Muriel aurait bien voulu protester mais les mots se bousculaient et restaient prisonniers dans sa gorge. Elle était fatiguée, le vin la rendait molle. Excité, grisé par le champagne, Igor de Pourceaugnac la caressait, la mordillait et l'embrassait à pleine bouche tandis qu'elle gémissait faiblement comme une brebis blessée qu'on offre en sacrifice.

Troublée par ces souvenirs, Muriel Sigouin a fermé les yeux. Quand elle les a rouverts, le sergent Mayrand était toujours là, debout, droit devant elle.

— Donc, si j'ai bien compris, monsieur de Pourceaugnac vous avait engagée sur-le-champ.

— C'est exact.

Le lendemain matin, à l'heure convenue, Muriel Sigouin s'était quand même présentée aux Éditions De Pourceaugnac, toute prête à s'excuser des incidents de la veille. Igor s'était montré ignoble, mais c'est elle qui se sentait coupable.

— Mademoiselle Sigouin, je vous attendais !

Accueillant, désinvolte, Igor de Pourceaugnac s'avançait joyeusement vers elle, lèvres tendues, prêt à lui faire la bise. Elle a pensé : «Il n'osera quand même pas m'embrasser devant tout le monde?» Mais Igor a osé. Et Muriel en a été profondément bouleversée.

— Il faudra vous y habituer, mon petit, le baiser matinal fait partie des coutumes de la maison !

C'est ainsi que Muriel Sigouin a appris que tous les matins, beau temps, mauvais temps, Igor de Pourceaugnac se tenait sur le pas de la porte pour accueillir ses employés avec une poignée de main ou un baiser, selon le sexe.

— Et maintenant au travail !

Quand l'éditeur a claqué des doigts, tous les employés se sont dirigés docilement vers leurs postes, soumis comme des cobayes qu'on vient d'hypnotiser.

Incapable de se retenir, Muriel Sigouin s'est mise à se ronger les ongles tandis que le sergent Mayrand l'observait en fronçant les sourcils.

— Dites-moi, quel genre de relations monsieur de Pourceaugnac entretenait-il avec ses employés?

— Il se plaisait à répéter que nous formions une grande famille.

— Et c'était vrai?

— En un sens, oui.

Le sergent Mayrand a fait quelques pas devant Muriel. Puis il s'est éloigné, a pivoté sur ses talons et lui a demandé à brûle-pourpoint :

— Où étiez-vous jeudi dernier?

Craignant d'être prise en défaut, Muriel s'est mise à bafouiller.

— Au cinéma avec ma sœur; c'est vrai, je vous le jure, vous pouvez vérifier!

— Et quand avez-vous vu la victime pour la dernière fois?

— Quelques heures avant sa mort. Ce jour-là, j'ai travaillé jusqu'à cinq heures, comme d'habitude, puis en partant je me suis même arrêtée au bureau de monsieur de Pourceaugnac pour l'embrasser…

— Vous avez dit : pour l'embrasser?

— Comme tout le monde!

En fin de journée, Igor de Pourceaugnac préférait renverser les rôles. Vers seize heures quarante-cinq, il se retirait dans son bureau puis attendait patiemment que chacun vienne lui dire au revoir.

Le sergent Mayrand paraissait intrigué.

— Êtes-vous en train de me dire que tous les employés se pliaient à ce caprice?

— Monsieur de Pourceaugnac y tenait beaucoup!

Muriel Sigouin se mordait les lèvres en se rappelant le soir où Igor de Pourceaugnac l'avait retenue afin de lui remettre son premier chèque de paye.

— Assoyez-vous, Muriel!

— C'est que... mon autobus passe dans quelques minutes.

— Je sais.

— Et le suivant n'est qu'à cinq heures et demie.

— Je le sais aussi.

Igor, qui jouait sans arrêt avec une enveloppe brune, semblait le faire exprès pour retarder son départ.

— Vous remarquerez, mon petit, que j'ai amputé votre salaire de deux heures.

— Deux heures? Pour quelle raison?

— Parce qu'en un mois vous m'avez volé deux heures d'ouvrage!

— Moi?

— Oui, vous! Tous les matins vous arrivez à huit heures trente-trois, et tous les soirs vous repartez à seize heures cinquante-sept. Six minutes par jour multiplié par cinq jours et par deux semaines égale une heure! Si vous ne me croyez pas, faites le calcul vous-même!

— Mais...

— Multipliez le tout par vingt-six payes et vous arriverez à la conclusion que, si je vous laisse aller, bon an, mal an, vous me volerez vingt-six heures!

Et ce disant, Igor de Pourceaugnac lui avait tendu son enveloppe du bout des doigts en la toisant d'un air cynique.

— Nous sommes une maison d'édition, mademoiselle, pas une œuvre de charité!

Abasourdie, choquée, Muriel Sigouin vérifiait son chèque avec stupéfaction.

— Mais, monsieur…

— Qu'est-ce qu'il y a encore?

— Mon chèque est incomplet!

— Comment ça, incomplet?

— Mais oui, regardez, il manque deux semaines!

— C'est normal! Nous gardons toujours les deux premières semaines en réserve, au cas où…

Igor de Pourceaugnac la défiait avec tant d'arrogance que Muriel a senti le besoin de baisser les yeux. Sans ajouter un mot, elle a rangé son chèque dans son portefeuille puis elle est sortie du bureau en serrant très fort la courroie de son sac à main. Si elle avait été un peu moins préoccupée par l'horaire du prochain autobus, Muriel Sigouin aurait peut-être remarqué un léger détail: l'horloge de l'entrée marquait trois bonnes minutes d'avance tandis que le réveil posé sur le bureau d'Igor de Pourceaugnac accusait facilement trois grosses minutes de retard! Petite manigance stratégique qui permettait à monsieur de Pourceaugnac de s'assurer en permanence de la ponctualité de ses employés.

Oscillant entre la rage et l'émotion, Muriel Sigouin cherchait un mouchoir pour éponger ses larmes. Le sergent Mayrand lui a tendu un *kleenex*.

— À votre connaissance, monsieur de Pourceaugnac a-t-il déjà été marié?

Pendant que le policier l'interrogeait, Muriel se revoyait, le premier jour, assise derrière une console téléphonique dont toutes les lignes sonnaient en même temps.

— Les Éditions De Pourceaugnac, bonjour!... Monsieur de Pourceaugnac?... Un instant, s'il vous plaît!

— Non, mais, vous êtes folle ou quoi?

Surprise, Muriel s'est retournée.

— Qu'est-ce qu'il y a? Qu'est-ce que j'ai fait?

Igor de Pourceaugnac trépignait dans son dos, rouge de colère, prêt à la fustiger.

— Qu'est-ce que vous avez fait? Vous osez me demander ce que vous avez fait? Je ne suis *jamais* là, pour *personne*! Vous m'entendez? Pour *personne*!... À part ma femme, évidemment!

Igor avait dit «ma femme» et Muriel en avait éprouvé une tristesse profonde, une blessure à l'amour-propre qui ressemblait à s'y méprendre au deuil qu'elle ressent aujourd'hui.

Les bras croisés, le sergent Mayrand attendait sa réponse avec une certaine impatience.

— Oui ou non, monsieur de Pourceaugnac a-t-il déjà été marié?

— Oui.

— Avec Ruth Lanteigne?

— Non, Ruth Lanteigne a toujours été…

— Sa maîtresse?

— C'est ça. Sa femme s'appelait…

Muriel a baissé la tête et balbutié un nom d'une voix si timide que le policier a été obligé d'insister.

— Alors, elle s'appelait comment?

— Marquise. Marquise Favreau.

— Que savez-vous d'elle?

— Presque rien, sinon qu'elle l'aimait beaucoup…

Le sergent Mayrand laissait exprès le silence s'alourdir, un silence étouffant, ponctué de quelques soupirs. Puis, il s'est rapproché de Muriel à pas lents et a posé tout doucement le bout de ses doigts sur son épaule.

— Et vous?

— Quoi, moi?

— L'aimiez-vous?

Incapable de répondre, Muriel Sigouin a éclaté en sanglots.

5

Anaïs Blain dormait encore quand René Masson s'est présenté chez elle pour lui annoncer, avec tout le ménagement possible, la mort tragique d'Igor de Pourceaugnac. Peu habitué à ce genre de mission, le nouveau directeur littéraire avait répété mille fois son boniment et remanié autant de fois sa mise en scène : il sonnait, Anaïs venait répondre, il lui annonçait la triste nouvelle puis elle se réfugiait en pleurant dans ses bras. Une accolade désespérée, une rencontre unique, comme René rêvait d'en avoir une depuis le premier jour où il l'avait rencontrée.

— René ? Mais qu'est-ce que tu fais là ? Tu aurais dû m'appeler !

Jamais René n'aurait osé imaginer qu'Anaïs viendrait répondre en pyjama, ni qu'elle l'inviterait le plus naturellement du monde à la suivre dans sa chambre.

— J'allais prendre mon petit-déjeuner au lit. Je te sers quelque chose ?

— Igor est mort!

Les trois mots sont sortis trop vite. René Masson les regrettait déjà. Il aurait voulu les rattraper et les envelopper d'un peu de tendresse avant de les murmurer à l'oreille d'Anaïs qui, de prime abord, semblait avoir accusé le coup avec une sérénité étonnante.

— Ah bon! Et comment est-ce arrivé?

— Une balle… en plein cœur!

— Quelle horreur!

Anaïs a dit : «Quelle horreur!» comme elle aurait dit : «Pas possible!» ou encore «Tu me fais marcher!» sans laisser paraître la moindre émotion. Puis elle s'est mise à trembler et s'est figée sur place en regardant droit devant elle avec des yeux vitreux. René Masson essayait de l'approcher, de lui parler, mais elle ne réagissait plus. À croire que cette nouvelle épouvantable venait de la foudroyer. Impuissant, mal à l'aise, René aurait voulu quitter la chambre et s'enfuir à toutes jambes loin de cette momie stoïque et pâle qui menaçait à tout moment de s'effondrer. Il aurait préféré qu'elle pleure, qu'elle crie ou qu'elle hurle au besoin, mais qu'elle fasse quelque chose afin qu'il puisse la consoler et partager avec elle l'indicible chagrin qui l'étouffait.

— Laisse-moi, va-t'en!

Anaïs a prononcé ces mots sans vraiment sortir de sa torpeur et sa froideur a fait peur à René qui la regardait en écarquillant les yeux, comme un pèlerin terrassé par une vision d'outre-tombe. Il a d'abord reculé d'un pas, puis de deux, sans cesser d'observer Anaïs qui regardait droit devant elle, sans broncher. Au troisième pas, la peur a rattrapé René. Il a pris ses jambes à son cou et s'est précipité vers la sortie en oubliant ses gants sur la console.

Anaïs Blain est demeurée longtemps dans cette semi-léthargie avant de se laisser glisser entre ses draps encore froissés pour accueillir dans le silence la mort d'Igor de Pourceaugnac.

Tout était gravé là, dans sa tête. Elle n'avait qu'à fermer les yeux pour voir défiler ses souvenirs et revivre, l'un après l'autre, les événements qui avaient peu à peu transformé sa relation avec cet homme qui l'avait tant fait souffrir qu'elle n'arrivera jamais plus ni à l'aimer… ni à le haïr.

Deux semaines après avoir confié à l'éditeur son premier manuscrit, Anaïs Blain recevait un coup de fil d'une certaine Gertrude Corriveau, lui annonçant que monsieur Igor de Pourceaugnac désirait la voir immédiatement. Ce court message impersonnel était sans doute de bon augure mais, comme Anaïs s'était habituée à l'aller-retour du vieux boomerang, elle préférait s'attendre au pire.

Quand elle est entrée dans son bureau, l'éditeur faisait semblant d'écrire. D'un air préoccupé, il farfouillait dans sa paperasse en l'observant du coin de l'œil. Vêtue de rouge, Anaïs Blain paraissait plus ronde, mais cette couleur lui allait bien. Elle avait mis des talons hauts et portait du vernis sur les ongles. Igor aimait les talons hauts presque autant que le vernis sur les ongles.

— Bonjour!

— Anaïs! Excusez-moi, je ne savais pas que vous étiez là!

Il s'est levé pour l'accueillir, en rattachant le bouton de sa veste.

— Je vous en prie, assoyez-vous !

Pour plus d'intimité, Igor a refermé la porte.

— J'ai reçu la réponse de notre comité de lecture.

Igor de Pourceaugnac s'est encanté dans son fauteuil, derrière son énorme bureau, puis il s'est mis à jouer avec un élastique en s'en servant comme d'une fronde. Visant d'un œil, il prenait Anaïs comme cible, lui donnant l'impression qu'elle était du gibier.

— Et alors, ce verdict ?

L'éditeur souriait mais ne répondait pas. Les mains moites, la gorge sèche, Anaïs s'efforçait de respirer plus lentement pour apaiser son inquiétude. Igor la torturait. Elle ne le supportait pas.

— Alors ? C'est non ?

Encore un long silence. Voulait-il la faire mourir ? En étirant son élastique, Igor de Pourceaugnac s'amusait visiblement à faire durer le supplice.

— Je vous en prie, monsieur, répondez-moi !

Igor observait Anaïs en se défendant de sourire. Et pour peu que la chose fût possible, il la trouvait encore plus belle avec ses joues fiévreuses qui réfléchissaient délicatement la couleur de sa robe.

— Le verdict est favorable !

— C'est oui?

— C'est oui! Vous serez l'auteure vedette de notre collection d'automne!

Anaïs avait eu beau envisager tous les scénarios, jamais elle n'aurait pu imaginer qu'une telle joie fût possible. Elle n'avait qu'une envie, partager son bonheur. Sans un moment d'hésitation, elle s'est levée d'un bond pour aller se jeter entre les bras d'Igor qui ne demandait pas mieux que de resserrer l'étreinte.

— Je souhaite que votre roman obtienne tout le succès qu'il mérite!

C'était une phrase creuse, une vieille formule toute faite, mais Anaïs, encore novice, ne la connaissait pas.

— Êtes-vous prête à signer le contrat?

— Ici, comme ça, tout de suite?

— Faites vite, on ne sait jamais, je pourrais changer d'idée!

Anaïs s'est mise à rire tandis qu'Igor de Pourceaugnac fouillait dans son tiroir pour sortir un contrat sur lequel le nom de l'intéressée était déjà inscrit.

— Voilà! C'est le contrat type!

Impressionnée, Anaïs Blain contemplait ces longues feuilles blanches sans oser croire à son bonheur. Trois mots se détachaient : *Anaïs Blain, auteure*! C'était la première fois qu'elle pouvait lire son nom écrit sur un contrat. Elle aurait voulu étirer le temps et faire de cet instant un long moment de grâce, mais l'éditeur, impatient, lui tendait déjà son stylo.

— Allez, madame, à vous l'honneur !

Aussitôt qu'Anaïs a chaussé ses lunettes, les lignes se sont mises à danser sous ses yeux. Tous les mots s'embrouillaient, surtout les plus petits, les plus difficiles à lire. Tandis qu'elle essayait de les déchiffrer, Igor l'observait en souriant avec un rien de condescendance qui décuplait sa nervosité.

— Rassurez-vous, Anaïs, seules les «remarques» sont importantes.

— Si je comprends bien, je m'engage à vous soumettre mes *trois* prochains manuscrits?

— Ne vous inquiétez pas. Rien ne vous oblige à les écrire… et puis, nous aurons toujours le droit de les refuser.

Le cœur d'Anaïs pompait si vite que l'écho des battements l'empêchait de réfléchir. Elle aurait préféré qu'Igor s'en aille, qu'il la laisse seule avec son contrat, le temps de l'étudier, de le comprendre. Mais monsieur de Pourceaugnac n'était pas homme à libérer sa proie. Étourdissant, racoleur, il tourbillonnait autour d'elle en lui soufflant des farces grivoises pour l'empêcher de se concentrer. Soudain, Anaïs a décelé une lacune et l'a pointée du doigt.

— Regardez, ici !

— Où ça?

— Là : «Durée du contrat». Il n'y a rien d'inscrit.

— C'est toujours comme ça.

— Ah oui ? Pourquoi ?

— À quoi bon inscrire une date puisque nous ne savons ni l'un ni l'autre où nous mènera cette aventure. Si tout va bien, une date d'échéance nous brimerait tous les deux et, si tout va mal, nous serions tous les deux prisonniers de cette date… Sans compter qu'il sera toujours temps d'en ajouter une, si jamais nous le jugeons nécessaire. Non, croyez-moi, ma chère, je sais par expérience qu'il est bon de se lier, mais… en toute liberté.

Avec ces belles paroles, Igor de Pourceaugnac avait réussi à se faire suffisamment rassurant pour qu'Anaïs Blain se livre sans réserve.

— Je signe où ?

— Ici ! Surtout n'oubliez pas d'apposer vos initiales au bas de toutes les pages.

— Et, pour les témoins ?

— Simple formalité… Ma secrétaire s'en occupera. Et maintenant, si nous buvions au succès de votre roman ?

Pressé de célébrer, Igor de Pourceaugnac débouchait déjà le champagne quand Gertrude Corriveau est entrée sans frapper.

— Vous m'avez appelée, monsieur ?

— Oui, prenez ce contrat et faites signer deux témoins.

— Tout de suite, monsieur.

Igor et Gertrude paraissaient très intimes malgré ce vouvoiement conventionnel et ces manières un peu guindées qui conféraient à Gertrude des allures de bonne sœur. Elle restait là, toute droite, attendant patiemment que son patron lui donne des ordres. Mais Igor n'avait d'yeux que pour Anaïs qui sirotait son champagne à petites gorgées en se répétant intérieurement le doux mot : écrivaine. Enfin, elle y était ! Enfin, c'était signé ! Elle avait un roman, un contrat, un éditeur ! Et quand cet éditeur l'a prise familièrement par la taille, l'écrivaine a frissonné.

— Ma chère Anaïs, à partir d'aujourd'hui je vous confie aux bons soins de Gertrude Corriveau, ma plus fidèle collaboratrice ! Vous aurez désormais le plaisir de travailler ensemble.

Spontanément, Anaïs a tendu la main à Gertrude, qui s'est crispée de tout son être avant de répondre à son geste. C'était la première fois qu'Anaïs Blain décelait une lueur de jalousie dans le regard d'une autre femme... Hélas, ce ne serait pas la dernière !

* * *

— Votre nom ?

— Gertrude Corriveau.

— Profession ?

— Correctrice d'épreuves.

Bien installé dans le bureau de Gertrude, le sergent Mayrand consultait sans arrêt son petit carnet noir.

— Vous avez dit « correctrice d'épreuves », c'est bien ça ?

— Exactement !

En fait, Gertrude Corriveau était la servante d'Igor de Pourceaugnac. Toujours fidèle au poste, elle se pointait au travail une heure avant tout le monde, passait l'aspirateur, nettoyait les toilettes, époussetait partout, puis guettait par la fenêtre l'arrivée du patron. Aussitôt que la voiture d'Igor s'engageait sous le porche, Gertrude branchait la cafetière et préparait pour lui les journaux du matin.

— Madame…

— Mademoiselle !

— Mademoiselle Corriveau, depuis combien de temps êtes-vous à l'emploi des Éditions De Pourceaugnac ?

— Plus de quinze ans !

— Et quelles étaient vos relations avec la victime ?

— Excellentes. Monsieur de Pourceaugnac disait toujours que j'étais sa plus fidèle collaboratrice !

— Donc, si j'ai bien compris, c'est vous qui étiez responsable des corrections ?

— Entre autres choses, oui.

Le soir, à la maison, Gertrude repassait les pantalons de son patron, lavait ses chemises et cirait soigneusement ses chaussures. Au début, Igor de Pourceaugnac la payait. Oh ! pas grand-chose, juste un petit supplément pour boucler ses fins de mois. Puis, un beau jour, il a oublié. C'était vraiment sans importance, elle n'allait tout de même pas l'enquiquiner pour si peu. Quand on vient d'un milieu modeste, on tend la main, peut-être, mais on ne quête pas. Elle faisait tout cela par plaisir et considérait que les petits cadeaux que son patron lui offrait à l'occasion valaient cent fois sa récompense. Machinalement, Gertrude Corriveau porte la main à son cou pour caresser le médaillon d'argent qu'Igor de Pourceaugnac lui avait rapporté d'Espagne.

— Où étiez-vous jeudi dernier?

— Attendez que je me souvienne : la réception s'est terminée vers quatre heures, j'ai fait un peu de ménage, j'ai rangé la vaisselle et puis je suis rentrée chez moi en apportant la pile de corrections qu'il me restait à faire.

— Cela vous arrivait souvent?

— Quoi donc?

— D'apporter du travail à la maison?

— Presque tous les soirs.

— Est-ce que monsieur de Pourceaugnac le reconnaissait?

— Qu'est-ce que vous voulez dire?

— Est-ce qu'il vous payait bien?

Désarçonnée par cette question, Gertrude Corriveau s'accorde le temps d'avaler une gorgée d'eau. Jeudi dernier, justement le jour du crime, elle s'était présentée au bureau d'Igor de Pourceaugnac, un peu avant l'arrivée des invités, pour lui rappeler l'augmentation dont il lui avait parlé à plusieurs occasions sans jamais tenir promesse. Sans doute importuné par sa démarche, l'éditeur avait reçu Gertrude avec cette arrogance dédaigneuse qu'il réservait à ceux qui osaient l'affronter. Une augmentation?

Par ces temps difficiles? Non mais, quelle audace! Dire qu'il s'était retenu pour ne pas la congédier!

Aussi humiliée que révoltée, la «fidèle collaboratrice» était retournée à sa place, en ruminant sa colère contre ce «petit porcinet» qui avait eu le culot de lui lancer: «N'oubliez pas de mettre le champagne au froid!» avant de s'enfermer dans son bureau capitonné.

À présent qu'Igor est décédé, Gertrude Corriveau se sent coupable. Elle avale une deuxième gorgée d'eau, puis se retourne vers le sergent Mayrand avec des yeux remplis de larmes.

— Monsieur de Pourceaugnac était un homme affable, reconnaissant et généreux; il ne comptait que des amis!

6

La nouvelle de la mort d'Igor de Pourceaugnac s'est répandue à la vitesse d'une traînée de poudre. En moins d'une heure, toute la colonie littéraire en était bouleversée. Et même si la plupart des éditeurs se plaisaient à penser que le décès de leur illustre confrère débarrassait la profession d'une médiocre petite crapule, ils se sont tous empressés de courir à la maison d'édition pour offrir à René Masson leurs plus profondes condoléances. «Il nous manque déjà!» «La littérature vient de perdre un apôtre!» Chacun récitait sa formule en affichant un air contrit. Les poignées de main se faisaient cordiales et les accolades affectueuses, certains poussant même l'outrecuidance jusqu'à verser des larmes.

— Nous formions tous une grande famille!

Parodiant son mentor, le nouveau directeur littéraire des Éditions De Pourceaugnac recevait tous ces témoignages avec d'autant plus de déférence qu'il se sentait subitement investi d'une mission culturelle.

— Excusez-moi, messieurs, mes obligations me réclament.

Habilement conseillé par Marie, sa douce et fidèle épouse, René Masson avait choisi un costume sombre et une cravate de circonstance pour recevoir les journalistes. Elle a du goût, Marie, du doigté et du flair aussi. C'est elle qui a eu l'idée de convoquer cette conférence de presse pour calmer les esprits et mousser du même coup la carrière de son mari.

— Monsieur le directeur, le décès de votre président risque-t-il de compromettre l'existence même des Éditions De Pourceaugnac?

Assis au bout de la table de conférence, à la place d'honneur habituellement occupée par Igor, René Masson paraissait si petit qu'on aurait dit un enfant occupant le fauteuil de son père. Les projecteurs l'aveuglaient. Il était nerveux. Il mourait de trac.

— Je ne crois pas, je…

Mal préparé à ce genre de rencontre, René s'est mis à bafouiller. Son regard affolé quêtait l'assistance de Marie qui, d'un geste discret, lui a fait signe de se lever. Une fois debout, René Masson s'est subitement senti plus grand, beaucoup plus grand, presque un géant. Et il a vite retrouvé son sang-froid.

— Une maison d'édition n'est jamais l'affaire d'un seul homme mais d'une compagnie!

— Justement, monsieur Masson, qu'adviendra-t-il de cette compagnie?

— Je ne peux malheureusement pas vous en dire plus pour le moment. Les actionnaires se réuniront dans quelques jours, le notaire ouvrira le testament et nous saurons enfin à quoi nous en tenir.

— Et, selon vous, qui sera le nouveau président?

Marie aurait voulu crier : «C'est lui! C'est mon mari!» Mais elle devait se taire et se contenter d'observer René qui patinait comme il pouvait sur une glace raboteuse.

— Notre nouveau président sera élu par le conseil d'administration.

— Et qui fait partie de ce fameux conseil?

Pris au dépourvu, René Masson en est resté bouche bée. Après dix-huit années de bons et loyaux services, le nouveau directeur littéraire des Éditions De Pourceaugnac constatait avec effroi qu'il ignorait le nom des actionnaires qui commandaient le navire à bord duquel il était en train de chavirer. Un peu coincé, il s'est efforcé de blaguer.

— C'est *top secret*!

En tapant un clin d'œil aux journalistes René Masson croyait naïvement s'assurer leur complicité, voire même leur sympathie. Mais c'était mal connaître cette bande de prédateurs, habiles à profiter de la moindre maladresse pour affaiblir leur proie. Rapides, glaciales, impertinentes, les questions s'entrechoquaient et plaçaient René Masson dans une situation inconfortable.

— Savez-vous si Anaïs Blain assistera aux funérailles?

— Venez-y vous-mêmes, vous verrez bien !

— Qu'adviendra-t-il des droits d'auteur ?

— Ils seront payés, comme d'habitude !

— Même les arrérages ?

Cette interrogation insidieuse indisposait visiblement le nouveau directeur littéraire qui croyait sincèrement que tous les arrérages avaient déjà été payés. C'est alors qu'il a compris que les allégations d'Anaïs Blain n'étaient pas si futiles et que ses arguments commençaient même à faire du bruit. Piégé, René Masson se sentait à la merci d'une bande d'affamés en quête d'émotions fortes. Il cherchait désespérément le regard de Marie, mais il ne la voyait plus, elle venait de quitter la pièce…

— Puis-je vous aider, messieurs ?

— Police ! Nous voulons voir monsieur René Masson.

— C'est mon mari. Mais il ne peut pas vous recevoir maintenant, il est avec les journalistes.

— Nous allons l'attendre.

— Si c'est au sujet de monsieur de Pourceaugnac…

— Vous le connaissiez bien ?

— Plus que bien, nous étions des amis.

— Pouvez-vous nous parler de lui ?

— Avec plaisir ! Mais je vous en prie, ne restons pas là.

Convaincue d'être bientôt la femme du nouveau président, Marie Masson s'enhardit et saute sur l'occasion pour entraîner les policiers dans le bureau d'Igor. En poussant la lourde porte capitonnée des deux côtés qui donne accès à cette enceinte, Marie a l'impression d'être la femme de Barbe-Bleue. Personne, à part Ruth Lanteigne, n'a jamais eu la permission d'y pénétrer en l'absence d'Igor. Mais le règne de la femme-panthère étant révolu, la nouvelle reine a décidé de s'approprier tous les droits.

— Attendez, messieurs, je vais faire de la lumière.

Marie Masson repère le commutateur à tâtons. Aussitôt un éclairage discret lèche les quatre murs garnis de bouquins jusqu'au plafond. Détail particulier : cet endroit ne contient rien d'autre, à part deux chaises rembourrées et une grande table en demi-cercle derrière laquelle trône un énorme fauteuil noir. Quand le sergent Mayrand s'y installe, à la place d'Igor, il découvre, camouflés dans un tiroir truqué, un écran minuscule et une télécommande munie de dix boutons, tous semblables, dont chacun correspond à un coin spécifique de la maison d'édition : le hall d'entrée, le poste de la réceptionniste, la salle de conférence, le bureau de la correctrice, celui du comptable, le recoin réservé à l'attachée de presse, le garage, l'entrepôt... et le bureau de René Masson surveillé par deux caméras.

— Dites-moi, madame, vous connaissiez l'existence de ce réseau?

— Moi? Mais pas du tout!

La pâleur de Marie ne ment pas. Le sergent Mayrand l'invite à s'asseoir tandis que le policier de service continue l'inspection des lieux. Trop bien rangés sur les tablettes, la majorité des livres rares sont aussi faux que toutes ces étagères en trompe-l'œil qui renferment des contrats, des factures, dont quelques-unes portent la mention «fausse facture», et de l'argent, beaucoup d'argent liquide, dissimulés dans des reliures truquées.

Tandis que les deux hommes s'affairent à trouver des indices, le regard de Marie est attiré par une boucle d'oreille qui traîne sur le bureau tout près du téléphone. Une perle fine entourée de diamants que Marie voudrait bien récupérer sans attirer l'attention des policiers. Mais le sergent Mayrand a surpris son geste.

— Qu'est-ce que c'est?

— Une boucle d'oreille.

— Ça, je le vois bien; elle est à vous?

— Mais non, voyons donc, pas du tout!

— Alors, peut-être savez-vous à qui elle appartient?

L'air de rien, Marie prend le bijou et l'examine attentivement avant de le rendre au policier.

— Non, vraiment, je ne vois pas.

Le sergent Mayrand a enroulé la boucle d'oreille dans un mouchoir puis l'a cachée dans le fond de sa poche. Marie s'inquiète un peu.

— Dites-moi, sergent, c'est important?

— Je n'en sais rien.

— En tout cas, si jamais je découvre à qui elle appartient, je vous téléphonerai.

— Je compte sur vous, madame !

Marie n'a pas rougi mais elle a baissé les yeux en retenant un soupir de soulagement. Encore un pieux mensonge, encore une petite feinte hypocrite pour camoufler la vérité. Drôle de vérité, et drôle de cadeau empoisonné qu'Igor de Pourceaugnac lui avait offert le jour de son quarantième anniversaire de naissance. Malgré son trac, Marie ne pouvait s'empêcher de sourire en pensant que cette boucle d'oreille-là était aussi fausse que tout le reste : une fausse perle entourée de faux diamants, que René, peu connaisseur en la matière, avait toujours pris pour des vrais. Pauvre René ! Pour un peu il se serait mis à genoux devant Igor pour le remercier d'avoir autant gâté sa femme.

Prise de remords, Marie se sent fautive. Elle n'aurait pas dû abandonner René, pas dû entraîner les policiers dans cette pièce, pas dû leur permettre de farfouiller dans les affaires d'Igor.

— Il y a quelqu'un ?

René Masson a poussé la lourde porte puis est entré dans le bureau d'Igor de Pourceaugnac comme on pénètre dans une cathédrale.

— Ah ! Marie, te voilà ! J'étais inquiet, je t'ai cherchée partout !

Un rien, à peine une pointe de reproche dans la voix de son époux, et Marie fond en larmes. René s'en trouve désemparé.

— Voyons, chérie, qu'est-ce que tu as ?

— Rien.

— Je te sens nerveuse.

— Ces deux messieurs sont ici pour te voir.

Le sergent Mayrand s'est avancé et René a reculé de quelques pas.

— Vous êtes monsieur Masson?

— C'est moi.

— Sergent Mayrand de la brigade criminelle. J'aurais quelques questions à vous poser.

— D'accord, mais pas ici. Allons dans la salle de conférences.

René a pris Marie par l'épaule et l'a entraînée avec lui. Ils ont longé le corridor en marchant côte à côte comme deux amoureux qui ne se soucient guère d'avoir la police à leurs trousses.

Désertée par les journalistes, la pièce ovale ressemblait à un champ de bataille, à l'aube, quand les soldats se sont retirés.

— Excusez le désordre, on vient de tenir une conférence de presse.

En prononçant les mots «conférence de presse», René Masson se donnait un air important pour surmonter élégamment les crampes au ventre qui le tenaillaient. Le sergent Mayrand s'est mis à consulter son carnet de notes.

— Votre femme nous a dit que vous étiez directeur littéraire, c'est exact?

— Oui! Oui! D'ailleurs, c'est tout nouveau. Monsieur de Pourceaugnac m'a fait cet honneur juste avant son... avant sa... enfin, vous savez ce que je veux dire.

René a saisi la main de Marie et l'a serrée si fort que son alliance lui a pincé la peau. Pour plus d'intimité, le sergent Mayrand a rapproché sa chaise.

— Monsieur Masson, depuis combien de temps connaissiez-vous Igor de Pourceaugnac?

— Près de vingt ans! J'ai d'abord été engagé à titre de commis mais, comme les livres m'intéressaient, j'ai fait mes classes et suis devenu l'assistant du directeur de la production, puis directeur de la production, jusqu'à ce que monsieur de Pourceaugnac m'honore du titre de directeur littéraire. Je ne m'y attendais pas, demandez à ma femme... pas vrai, Marie?

— Oh! pour ça, mon mari ne s'y attendait pas du tout! Mais tu oublies, mon chéri, qu'entre-temps tu as été chasseur de têtes.

Le sergent Mayrand fronce les sourcils.

— Qu'est-ce que vous entendez par «chasseur de têtes»?

— Je veux dire que mon mari découvrait de nouveaux auteurs!

— Oh! «découvrir» me semble un bien grand mot. Disons que c'est moi qui rencontrais d'abord les jeunes écrivains puis qui lisais leurs manuscrits avant de les présenter à monsieur de Pourceaugnac. D'ailleurs, ma femme aussi en lisait parfois... pas vrai, Marie?

— Moi, je n'avais pas grand-chose à faire, alors ça me distrayait.

— Et comme ma femme le faisait gratuitement, ça évitait à monsieur de Pourceaugnac les frais d'un comité de lecture.

Le sergent Mayrand fixe Marie en plissant le front.

— Voulez-vous dire que l'éditeur ne vous payait pas ?

— Pourquoi l'aurait-il fait ? Je n'étais pas son employée. Non, je lisais ces manuscrits pour aider René qui avait confiance en mon jugement.

— C'est même elle qui a découvert Anaïs Blain… pas vrai, Marie ?

Subitement, Marie change de tête ; en une fraction de seconde, son sourire s'est figé et sa figure est devenue toute crispée. Jalouse. Elle a toujours été jalouse d'Anaïs Blain, du talent d'Anaïs, du succès d'Anaïs, mais surtout de son amitié pour René qui l'appelait en badinant sa *protégée*. Protégée ! Igor avait employé ce mot et René l'avait adopté. Toujours prête à se cambrer, Marie avait aussitôt pris ombrage de cette amitié, de cette complicité, comme elle prenait ombrage de tout ce qui, de près ou de loin, entourait son mari.

Le sergent Mayrand s'est levé.

— Monsieur Masson, à quelle heure avez vous quitté le bureau, jeudi dernier ?

— Nous avions beaucoup placoté et je dois vous avouer que je n'ai pas regardé l'heure.

— Moi, je m'en souviens; il était dix-sept heures quarante.

— Comme vous voyez, je ne pourrais pas me passer d'elle!

Du bout des doigts, René Masson frôle amoureusement la cuisse de Marie qui retient son geste en lui flattant la main. Le sergent Mayrand les observe avec un sourire.

— Monsieur Masson, vous rappelez-vous si monsieur de Pourceaugnac était encore ici quand vous avez quitté la place?

— Oui, mais il s'apprêtait à partir.

— Tout seul?

— Non, il était avec Roger Duquette, son comptable.

— Et quel genre de relation monsieur de Pourceaugnac entretenait-il avec son comptable?

— Igor l'aimait beaucoup… pas vrai, Marie?

— Beaucoup! Igor et lui étaient de grands amis!

* * *

— Votre nom?

— Roger Duquette.

— Profession?

— Comptable.

— Quand avez-vous vu Igor de Pourceaugnac pour la dernière fois?

— Jeudi dernier, nous avons soupé ensemble.

— Vous êtes donc la dernière personne à l'avoir vu vivant?

— Qu'est-ce que vous voulez dire?

— Qu'il était sans doute encore vivant lorsque vous l'avez quitté!

— Évidemment! Qu'est-ce que vous allez chercher là? Je ne suis pas un assassin, moi, monsieur! Pas un assassin!

Roger Duquette était en quelque sorte le «Père Ovide» d'Igor de Pourceaugnac: «collé hier, collé aujourd'hui et puis collé demain»! Il approuvait les transactions, entérinait les contrats et se faisait un pieux devoir de ne jamais contredire son maître qui le récompensait en lui jetant ses miettes. Le jour où Roger Duquette a accepté de mettre le yacht d'Igor de Pourceaugnac à son propre nom pour distraire quelques créanciers, Igor l'a dédommagé en lui donnant la permission de jouer au capitaine sur son bateau, tous les dimanches, tandis qu'il tripotait sa femme, dans la cabine, à son insu. Plus tard, quand Roger Duquette s'est vu confier certaines missions plus délicates, Igor l'a gratifié en partageant avec lui les faveurs d'une jeune maîtresse dont il voulait se débarrasser...

— Vous affirmez donc avoir soupé avec la victime le soir du crime?

— Igor, enfin, monsieur de Pourceaugnac, m'avait invité chez lui pour vérifier certains contrats.

— Quel genre de contrats?

— Des contrats d'édition.

— Pourquoi?

— Vous savez, avec les auteurs il faut se méfier. Même que, dans cette affaire, je ne serais pas étonné si Anaïs Blain…

— Que voulez-vous dire?

— Rien, je disais ça de même.

Roger Duquette a toujours détesté Anaïs Blain. D'ailleurs, il n'a jamais aimé aucun auteur. Il les a toujours considérés avec le même mépris qu'Igor de Pourceaugnac réservait à tous ceux qui, pour une raison ou pour une autre, venaient lui demander de l'argent. Pourtant l'argent ne manquait pas. Chaque mois, pour ne pas dire chaque semaine, Roger Duquette devait inventer de nouveaux trucs pour permettre à Igor de Pourceaugnac de profiter des transactions souvent douteuses qu'ils manigançaient ensemble.

— Monsieur Duquette, reconnaissez-vous ces pièces comptables portant la mention «fausse facture»?

— Oh ça, c'est rien, c'est moi qui avais trouvé ce truc-là pour qu'on ne se mélange pas.

— Quelle en était l'utilité?

Roger Duquette perd la maîtrise de sa belle assurance.

— Ben… euh… les fausses factures correspondaient aux ouvrages qu'on écoulait dans des petites places!

— Qu'entendez-vous par des petites places?

— Ben, des dépanneurs, des affaires de même… comme ça on était sûr de ne pas les mélanger avec les autres factures qu'on envoyait au distributeur…

— Quel distributeur?

— Celui qui traite avec les libraires.

— Ainsi, si je vous comprends bien, vous aviez deux systèmes distincts de facturation?

Piégé, Roger Duquette ne savait plus où se mettre. Le sergent Mayrand ne le quittait pas des yeux.

— Monsieur Duquette, avez-vous déjà eu connaissance de certains arrangements particuliers, ou de certaines ententes disons douteuses, qui auraient pu attirer des ennuis à monsieur de Pourceaugnac?

— Jamais! Ça je vous le jure sur sa tête! Igor était un homme honnête, il était mon meilleur ami!

7

En silence et en bon ordre... telle semblait être la devise des Éditions De Pourceaugnac, car quiconque osait passer la porte se sentait aussitôt accablé par la lourdeur de l'atmosphère et le silence étouffant qui habitait les lieux. C'est cela surtout qui impressionnait Anaïs : le silence ! Cette immense maison victorienne était habitée par le silence. Non pas celui d'un monastère égayé quelquefois par le chant des oiseaux, mais celui d'une prison austère où chacun « fait son temps » en rêvant d'évasion.

— Vous êtes en retard !

Aussi cinglante qu'un coup de fouet, la remarque d'Igor de Pourceaugnac n'avait pourtant pas réussi à contrarier Anaïs qui s'apprêtait à entreprendre la correction de son premier roman avec une bonne humeur évidente. Il faut dire qu'elle se sentait particulièrement jolie avec sa petite robe imprimée de marguerites et son béret jaune assorti. Trop jolie pour se laisser impressionner par la mine renfrognée de son éditeur.

— Bonjour, monsieur de Pourceaugnac!

En passant devant lui, Anaïs l'avait gratifié de son plus beau sourire mais, de toute évidence, Igor de Pourceaugnac n'avait pas envie de badiner.

— Vous êtes en retard, madame!

Quand il a dit «madame», Anaïs Blain a décelé du mépris dans la voix de cet homme qui, depuis leur toute première rencontre, la traitait avec une certaine déférence.

— Il est huit heures quarante!

Les mains derrière le dos, Igor de Pourceaugnac se tenait debout, droit comme un pic, en pointant du menton la grande horloge qui surplombait le bureau de la réceptionniste.

— Mais nous n'avions pas fixé d'heure!

— Ici, tout le monde commence à huit heures et demie, les auteurs comme les autres; la correctrice vous attend déjà depuis dix minutes!

Igor était-il donc vraiment fâché? Anaïs refusait de le croire, jusqu'à ce qu'elle se retrouve en présence de Gertrude Corriveau qui l'attendait de pied ferme.

— Vous êtes contente?

— Comment ça, contente?

— Mon salaire va être coupé d'une demi-heure à cause de vous! Mais, on sait bien, vous, ça ne vous fait rien. Ces chers auteurs, ils sont au-dessus de ça!

— Gertrude, qu'est-ce que vous voulez dire?

— Je veux dire que nous ferions mieux de nous mettre au travail tout de suite!

Dès qu'elle coiffait son chapeau de correctrice, Gertrude Corriveau changeait radicalement d'attitude, sa voix devenait plus grave et ses remarques plus rigoureuses.

— J'ai terminé les premières corrections : j'ai souligné les fautes d'orthographe en rouge et les mauvaises ponctuations en bleu. Pour ce qui concerne les erreurs de style, vous n'aurez qu'à vous référer aux papiers jaunes collés dans la marge.

Raturé, griffonné et alourdi de papillons, le manuscrit qu'Anaïs avait mis tant de soin à présenter ressemblait maintenant à un vieux torchon. Tous les mots ou presque avaient été remplacés par d'autres, à croire que Gertrude Corriveau ne faisait que changer pour changer. Ainsi, «à l'écart» devenait «à part» et «à part» devenait «à l'écart» sans qu'aucune remarque ne vienne justifier les décisions arbitraires que la correctrice semblait prendre un vicieux plaisir à imposer. Là où Anaïs avait écrit : «Le repas dure et dure encore, jusqu'à ce que la bougie qui nous éclairait en arrive à son dernier souffle…», Gertrude corrigeait par : «Le repas dure jusqu'à ce que la bougie s'éteigne.»

— Voyons, Gertrude, vous enlevez tout le romantisme!

— Ce n'est pas une question de romantisme mais de style. À ma façon, c'est plus net, plus direct!

— Et si la bougie s'éteint après la soupe?

Insultée, Gertrude Corriveau avait jeté un coup d'œil courroucé vers Anaïs qui s'était sentie transpercée par le regard glacial de cette femme autoritaire, dont la rigueur excessive lui faisait l'effet d'un éteignoir.

— Gertrude, pourquoi remplacez-vous «autobus» par «autocar»?

— En France on dit autocar!

— Je m'en fous, ici les gens prennent l'autobus, pas l'autocar!

— Vous n'aurez qu'à effacer si vous n'êtes pas contente!

Effacer! Quel joli mot! Fatiguée de s'obstiner avec Gertrude Corriveau qui se faisait un point d'honneur de la moindre virgule, Anaïs venait de trouver le chemin détourné par lequel elle allait pouvoir s'en tirer : effacer! Son sourire lui revenait, sa bonne humeur aussi.

— Je vais me chercher un café, vous en voulez?

— Vous feriez mieux d'attendre la cloche!

— Quelle cloche?

— Patientez un peu, dans dix minutes elle va sonner.

À dix heures pile une sonnerie stridente s'est fait entendre et tous les employés ont abandonné leur travail sur-le-champ. Quelques-uns, en sortant, ont allumé une cigarette, d'autres ont couru vers les toilettes, mais la plupart se sont regroupés autour d'une machine à café détraquée qui gobait les pièces de vingt-cinq sous sans remettre la monnaie.

Au lieu d'en profiter pour se détendre un peu, Gertrude Corriveau s'est précipitée vers le bureau d'Igor avec une théière à la main, à croire que son Maître allait lui accorder trois vœux… mais elle en est ressortie presque aussitôt avec une mine déconfite.

— Monsieur de Pourceaugnac désire vous voir.

Au ton de sa voix, Anaïs a tout de suite compris que Gertrude lui transmettait cette invitation à contrecœur.

— Si vous voulez du thé, j'en ai fait assez pour deux !

— Je vous remercie, c'est gentil !

À cette époque, Gertrude Corriveau devait être dans la jeune trentaine, mais sa coiffure trop sévère, la coupe démodée de ses vêtements et son maquillage de femme mûre la vieillissaient outrageusement. Peut-être était-ce une carapace ? Peut-être espérait-elle ainsi échapper aux taquineries désobligeantes d'Igor de Pourceaugnac qui, la sachant scrupuleuse, s'amusait parfois à la faire rougir. Pourtant, telle une geisha, c'est elle qui lui apportait son thé, elle qui le versait religieusement dans *sa* tasse…

— Vous m'avez demandée, monsieur ?

Les deux pieds croisés sur le tiroir entrouvert de son bureau, Igor de Pourceaugnac attendait Anaïs en caressant une tasse moulée aux formes d'un corps de femme, dont le bout d'un des deux seins était percé, ce qui lui permettait de boire son thé en se donnant l'illusion de téter sa mère.

— Entrez… et refermez la porte !

Gênée, Anaïs Blain ne savait plus où poser son regard. Igor de Pourceaugnac le faisait-il exprès? Voulait-il la choquer, la provoquer, la faire rire? Était-ce un jeu pour abaisser les femmes? Pour humilier Gertrude?

— Vous ne buvez pas, ma chère?

— Non, merci, je n'ai pas soif.

Sans cesser de tripoter sa tasse, l'éditeur parlait tout naturellement de livres, de marché, d'expansion, mais Anaïs ne l'écoutait plus. Elle l'observait, estomaquée, en refrénant une folle envie de le gifler. De le gifler ou de l'embrasser? Curieusement, Anaïs se sentait à la fois attirée et rebutée par le charme indécent de cet homme élégant qui s'amusait à lécher un mamelon de porcelaine. Elle le connaissait peu mais elle devait admettre qu'Igor la séduisait autant qu'il la troublait, surtout lorsqu'il la caressait d'un regard amoureux ou qu'il la convoitait en se mordant les lèvres.

— Ce décolleté vous va à ravir!

Forcée de s'avouer qu'elle avait choisi cette robe-là expressément pour le séduire, Anaïs s'était sentie rougir comme une adolescente face à un chanteur rock qui vient de la remarquer. Elle aurait aimé qu'Igor se lève, qu'il la prenne dans ses bras et qu'il l'embrasse passionnément en la rejetant par en arrière. Dans sa tête, elle entendait l'accordéon et, toujours romancière, se plaisait à penser qu'on jouait un tango... mais la cloche, insolente et froide, a sonné brusquement la fin de la récréation.

En retournant dans la salle de conférences, Anaïs éprouvait la sensation oppressante de se faufiler dans une huître hermétique qui allait la retenir prisonnière jusqu'à l'heure du dîner. Ouvrière de la première heure, Gertrude Corriveau s'était déjà remise à l'ouvrage. Le front plissé, la bouche en cul de poule, elle repassait pour la dixième fois le manuscrit à la loupe avec l'enthousiasme d'un scribe moyenâgeux. Assise en face d'elle, Anaïs l'observait en bayant aux corneilles. À chaque coup de crayon, elle se répétait intérieurement : «Rature tant que tu voudras, ma petite vieille, je pourrai toujours effacer!»

— Ici, il faudra remplacer ce mot-là par un autre… Là, c'est le paragraphe entier qu'on devra modifier. Et puis il faudra couper, c'est long, beaucoup trop long pour un premier roman!

Au début, Gertrude Corriveau paraissait marmonner ces mots-là pour elle-même, puis elle s'était retournée vers Anaïs en ajoutant d'une voix mielleuse :

— Ne vous inquiétez pas, de toute façon je m'en occupe!

Sans se choquer, Anaïs avait alors quitté sa place très lentement, puis elle s'était rapprochée de Gertrude en lui souriant avec gentillesse.

— Il n'en est pas question!

— Mais qu'est-ce qui vous prend?

— Jamais je ne vous laisserai tripoter mon texte!

— Mais, madame Blain, c'est la coutume…

— Coutume ou pas, je préfère ne jamais publier plutôt que de m'enorgueillir d'un roman réécrit par une autre!

— Ce n'est tout de même pas ma faute si vous employez des mots qui ne sont même pas dans le dictionnaire!

— «Magasiner»... «enfarger»... ce n'est pas dans le dictionnaire?

— Pas dans le mien, en tout cas!

— Je crois bien, c'est un vieux dictionnaire en papier de missel! Il serait temps que Pourceaugnac t'en achète un autre!

Anaïs avait fait exprès d'utiliser simplement «Pourceaugnac», sans la particule, sachant fort bien qu'elle désacralisait du même coup l'individu et le mythe. Malheureusement, Anaïs-la-téméraire ne se doutait pas qu'Igor de Pourceaugnac l'observait sur son écran et se moquait de sa colère. Si elle l'avait su, aurait-elle eu l'audace de se retourner vers la caméra pour lui faire la grimace?

— Je n'en reviens pas! Jamais aucun auteur ne m'a parlé de la sorte!

Complètement assommée, Gertrude Corriveau était livide. Elle se promenait de long en large en agitant quelques pages du manuscrit comme un éventail. Aussi énervées que deux rats enfermés dans une même cage, la romancière et la correctrice étaient au bord de la crise de nerfs quand la cloche a sonné l'heure du dîner. Anaïs a consulté sa montre; il était midi pile!

Beau prince, Igor de Pourceaugnac s'avançait dans le corridor en faisant signe à sa cour de le suivre. En moins de temps qu'il n'en faut pour le dire, tous les employés de l'entrepôt s'étaient entassés dans la camionnette de René Masson, pendant qu'Igor de Pourceaugnac tentait d'impressionner Anaïs en lui faisant les honneurs de sa grande limousine.

— Installez-vous près de moi, ma chère!

Anaïs a pris place à l'avant, tandis que Gertrude Corriveau et Muriel Sigouin se partageaient la banquette arrière. Cette promiscuité aurait pu être propice à des échanges plus personnels, plus intimes, mais comme Anaïs devait passer son temps à repousser la main d'Igor qui lui tripotait les cuisses, tout le trajet s'est déroulé dans le silence le plus complet.

Les deux véhicules se sont arrêtés au *Relais des Moulins*, un petit restaurant du quartier qui offrait tous les midis des repas dits «maison» à un prix dérisoire. Sur le coup, Anaïs Blain avait cru naïvement que son nouvel éditeur avait décidé d'organiser une petite fête en son honneur et cette pensée l'avait touchée. Mais elle a vite déchanté quand elle s'est aperçue que ce rituel se répétait jour après jour, et qu'aucune excuse ne pouvait justifier une dérogation à cette tradition *familiale*.

Ainsi, chaque midi, tous les employés des Éditions De Pourceaugnac se retrouvaient invariablement au même restaurant pour dîner en groupe autour d'une longue table rectangulaire au bout de laquelle Igor de Pourceaugnac présidait le repas. Bien sûr, les blagues étaient permises et les histoires cochonnes, fortement appréciées. Mais, pour le reste, Igor imposait sa censure et surveillait de près toutes les conversations.

D'entrée de jeu, cette attitude pour le moins paternaliste avait indisposé Anaïs. Par contre, quand, au dessert,

Igor de Pourceaugnac avait ramassé l'addition, elle s'était surprise à le trouver généreux. Elle ignorait alors que la note de chacun lui serait éventuellement retenue sur sa paye tandis que l'éditeur s'appropriait toutes les factures pour les déduire de ses impôts.

C'est ainsi que monsieur de Pourceaugnac s'assurait de la fidélité de ses employés : aucune communication téléphonique personnelle n'était autorisée, aucune conversation entre les employés n'était tolérée et l'efficacité du travail de chacun était contrôlée par un réseau de télévision en circuit fermé. Comment trouver un autre emploi ? Comment fuir une ornière dont toutes les issues sont surveillées ?

En quittant la maison d'édition ce soir-là, Anaïs Blain s'est attardée sur le perron pour respirer un peu d'air frais et se débarrasser des toxines d'agressivité qui lui collaient à la peau. Et elle s'émerveillait encore de la couleur du ciel quand une jeune femme s'est avancée vers elle, en ayant l'air de la connaître.

— Bonjour !
— Bonjour !
— Vous êtes Anaïs Blain ?
— Oui.
— Je suis Marquise Favreau, la femme d'Igor de Pourceaugnac. Mon mari m'a beaucoup parlé de vous.
— Ah bon !

Pour convaincre Anaïs, Marquise arborait ce sourire irrésistible qu'affichent parfois les « légitimes » quand elles se croient en présence d'une rivale possible. Visiblement enceinte, Marquise Favreau exhibait son gros ventre comme un ballon gonflé à l'hélium qu'on agite fièrement au bout d'un fil puis qu'on ramène tristement chez soi quand la fête est finie.

Figées, mal à l'aise, les deux femmes se regardaient sans dire un mot, l'une observant l'autre avec une pointe d'interrogation. Et tandis que Marquise se demandait si cette nouvelle auteure n'allait pas lui voler son mari, Anaïs se sentait triste à la pensée que la femme d'Igor de Pourceaugnac possédait au fond tout ce qu'elle désirait : un foyer, un mari, un enfant… Au bout d'un long silence, Anaïs a brisé la glace.

— J'ai été très heureuse de vous rencontrer.

— Moi aussi !

— Nous nous reverrons, j'espère !

Elles allaient se revoir, bien sûr, mais pas souvent puisque la vie du couple était déjà chancelante.

8

« Bonjour ! Il est sept heures et… » Marquise Favreau pousse le bouton du radio-réveil puis s'étire de tous ses membres en repoussant l'édredon de duvet emmêlé autour de ses jambes. Depuis la mi-janvier, les jours rallongent à petits pas et Marquise essaie de se convaincre que le bonheur, c'est ça : un pâle rayon de soleil qui vous réchauffe à travers une minuscule fenêtre donnant sur une ruelle de la rue de Mentana.

Face à cette fenêtre, Marquise a tendu un vieux hamac dans lequel elle aime se prélasser quelquefois en prenant son café. Un café brésilien, très corsé, qu'elle boit dans un tasse à deux anses en humant la vapeur qui s'en échappe. Perdue dans ses pensées, elle s'évade. Elle rêve. Elle rêve de grandes vacances, de palmiers, d'océan, d'air pur et de sable chaud. Partir toute seule avec sa fille sur une île inconnue, loin d'Igor de Pourceaugnac qui la menace de lui enlever la garde de Marie-Olga si elle s'obstine à lui réclamer la part de la maison qui lui revient de droit. En pensant à Igor, Marquise devient nerveuse.

81

Elle n'aurait jamais dû lui écrire, ni accepter de le rencontrer. Cette rencontre a mal tourné. Son ex-mari l'a humiliée, elle l'a giflé et ils se sont tiraillés jusqu'à ce qu'elle arrive à se sauver.

Soudain le soleil prend de la force et vient frapper d'aplomb le rebord de sa fenêtre. Ravie, Marquise se soulève dans le hamac et laisse tomber sa jambe droite en relevant le gros orteil pour retenir la sandale indienne qui se balance en déséquilibre au bout de son pied. Puis elle se roule en boule comme un chat pour emprisonner la chaleur qui parvient faiblement jusqu'à elle à travers les carreaux dépolis. La chambre devient jaune, c'est un moment magique. Un nuage passe. Le soleil se déplace imperceptiblement et la chambre jaune redevient triste. Marquise aussi. Elle avale à la hâte son café refroidi puis se lève à regret et va vers la cuisine.

— Marie-Olga, dépêche-toi, tu vas être en retard à l'école!

Elle s'apprête à servir le petit-déjeuner de sa fille quand on sonne à la porte. Paralysée par la peur, Marquise reste interdite. Et si c'était lui? Si Igor de Pourceaugnac osait la relancer jusqu'ici pour tenter de l'intimider? On sonne encore. Marquise s'affole. Elle court dans tous les sens. Surtout il ne faut pas qu'Igor la trouve en chemise de nuit. Elle attrape son soutien-gorge, enfile rapidement une petite culotte et s'apprête à passer une robe quand Marie-Olga lui crie :

— Maman, viens vite, il y a deux messieurs qui te demandent!

Marquise sort de sa chambre en resserrant d'un cran les cordons de son peignoir.

— Qu'est-ce que c'est?

— Madame Marquise Favreau?

— C'est moi.

— Police! On peut entrer?

— Bien sûr.

Le sergent Mayrand se dirige vers la cuisine tandis que son acolyte demeure aux aguets près de la porte d'entrée. Marie-Olga regarde sa mère avec stupéfaction.

— Est-ce qu'ils viennent pour t'arrêter?

— Mais non, ma chérie, ne t'inquiète pas. Va t'habiller!

Le policier attend patiemment que la fillette parte à l'école avant d'inviter Marquise à venir s'asseoir en face de lui.

— Vous connaissez Igor de Pourceaugnac?

— Oui, oui, c'était mon mari... mais nous sommes divorcés.

Nerveuse, elle a répondu rapidement, comme une enfant battue qui craint qu'on la dispute. Le sergent Mayrand la regarde fixement. Marquise devient inquiète.

— Lui est-il arrivé quelque chose?

— Oui.

— Un accident?

— Si l'on veut... Il est mort!

Mon Dieu! combien de temps faut-il au cœur d'une femme pour reconnaître qu'il a cessé d'aimer? Marquise croyait pourtant avoir fini par consoler sa peine et voilà que cette tragédie vient la raviver. Complètement bouleversée, l'ex-femme d'Igor s'effondre, en larmes.

— C'est affreux, je ne peux pas le croire! Comment est-ce arrivé?

— C'est ce que nous cherchons à comprendre, madame. Si vous le pouvez, parlez-nous de lui.

Quand le sergent Mayrand sort son calepin, Marquise se sent piégée. Elle se met à suer à grosses gouttes et panique à l'idée qu'elle va devoir tout ressasser.

— Moi, je ne voulais pas divorcer.

— Vraiment?

— C'est vrai, je vous le jure, c'est lui qui est parti!

Le jour où Igor lui a annoncé qu'il allait la quitter, Marquise a cru à une bonne blague, à une de ces insolences morbides dont son mari avait le secret. Mais, hélas, il ne jouait pas. Sa décision était sans appel et il en avisait sa femme avec un cynisme déconcertant.

— Quand est-ce arrivé?

— Il y aura bientôt huit ans.

Mais le malaise durait déjà depuis un certain temps. En fait, le comportement d'Igor de Pourceaugnac avait radicalement changé à partir du moment où Marquise lui avait appris qu'elle était enceinte. Il ne l'embrassait plus, ne la caressait plus et repoussait toutes ses avances en prétextant que c'était par respect pour le bébé qu'elle portait. Si elle tentait de le rassurer, Igor blaguait mais restait froid. Marquise pensait : «Ça lui passera.» Or, après la naissance de l'enfant, la situation n'avait fait que s'aggraver, car, depuis qu'il avait engrossé Marquise, Igor désirait en secret que ce soit un garçon. En apprenant que c'était une fille, il avait obstinément refusé de lui donner son nom, en exigeant toutefois qu'elle se prénomme Olga. Un caprice auquel Marquise s'était pliée en espérant qu'avec le temps Igor de Pourceaugnac allait aimer Marie-Olga Favreau, autant qu'il prétendait avoir aimé sa propre mère.

— Vous viviez dans cet appartement?

— Oh non, pensez-vous, nous habitions une grande maison... une grande maison entourée d'arbres!

Marquise n'a qu'à fermer les yeux pour s'y revoir encore. Le soleil inondait la cuisine et Igor, assis au bout de la table, à sa place habituelle, sirotait son café en se cachant derrière les pages de son journal. Elle lui a demandé : «As-tu faim?» Mais il n'a pas daigné répondre. Alors elle est venue s'asseoir bien sagement en face de lui. Tout à côté, dans sa chaise haute, Marie-Olga les observait avec cette clairvoyance qu'ont parfois dans le regard les enfants qui pressentent les choses. Quand le silence devenait trop lourd, Marquise se tournait vers sa fille et lui refilait un quignon de pain pour la distraire : «Goûte, c'est bon, ma chérie!» Et pour éviter d'inquiéter son bébé, Marquise mangeait sans faim en essayant d'avoir l'air tout à fait détendue. Si, à ce moment précis, Igor avait posé les yeux sur elle, il l'aurait vue sourire... mais il ne l'a pas fait et Marquise a continué d'afficher son faux bonheur comme un masque.

— Qui était propriétaire de la grande maison dont vous parlez?

— Mon mari.

— Connaissez-vous une certaine Ruth Lanteigne?

En entendant le nom maudit, Marquise voudrait mourir. Elle feint de ne pas comprendre et tente de gagner du temps.

— Qui, dites-vous?

— Ruth Lanteigne.

— Non, je ne vois pas, ce nom-là ne me dit rien.

Aurait-elle dû retenir Igor? L'aurait-elle pu? Marquise secoue lentement la tête. Ses cheveux en vadrouille prolongent le mouvement et une lueur d'angoisse se lit dans son regard. Ah! si seulement elle pouvait arrêter le temps, retourner en arrière, comprendre! Mais y avait-il seulement quelque chose à comprendre? Et si c'était un rêve? Si Igor de Pourceaugnac n'était pas parti pour de vrai, ce matin-là, pour aller rejoindre sa maîtresse en la laissant derrière…

— Madame Favreau, réfléchissez : êtes-vous bien certaine de n'avoir jamais entendu parler de Ruth Lanteigne?

— Peut-être, oui, en y repensant… Mais, vous savez, il y a si longtemps!

Marquise ment pour se protéger, pour ne plus souffrir en pensant à cette femme qui osait caresser Igor sans pudeur, sous son nez. Arrogante, intrigante, Ruth Lanteigne se moquait de Marquise en l'appelant «la première épouse» sur un ton péjoratif et méprisant. Elle était la maîtresse en titre, la favorite, celle qui reçoit les confidences du roi sur l'oreiller. Un petit roi incestueux qui n'avouait à personne qu'il était incapable de faire l'amour à une femme sans penser à sa mère.

— Croyez-vous qu'en vous quittant il allait la rejoindre?

— Qui ça?

— Ruth Lanteigne.

— Je n'en sais rien!

Le jour de son départ, Igor n'avait rien pris sinon sa brosse à dents, quelques vêtements… et sa collection d'objets fétiches sans lesquels il n'arrivait plus à bander. À le voir, on aurait dit qu'il s'éloignait simplement, par affaires, comme il le faisait très souvent sans que Marquise en prenne ombrage. Se raccrochant à un dernier espoir, Marquise a couru derrière lui, tout en sachant que c'était fou, que c'était inutile. Ramassant toutes ses forces, elle a ouvert la porte et a crié son nom. Igor s'est retourné. Leurs yeux se sont croisés. Et Marquise a ressenti le frisson déplaisant d'un amour qui s'accroche. Elle lui a dit : «Tu ne m'embrasses pas?» Igor ne bougeait pas. Il hésitait. Alors elle a souri. Oh pas beaucoup, faiblement, juste assez pour maquiller ses larmes. Igor la regardait fixement. Elle voyait de la pitié dans ses yeux. Non, pire que de la pitié, du mépris. Avec son peignoir mal fermé et ses vieilles mules de ratine rose, Marquise Favreau se sentait méprisable, incapable de garder cet homme qui pourtant avait dû l'aimer. Sans cesser de sourire, elle a tendu la main comme pour le supplier de lui accorder un dernier moment de tendresse. Finalement, Igor a cédé. Il a déposé sa valise. Puis il est revenu sur ses pas et l'a embrassée sur les lèvres comme si de rien n'était, comme si ce baiser-là n'avait pas d'importance. C'était un baiser doux, un baiser ordinaire, qui goûtait le café et les rôties brûlées qu'on avale à la hâte en masquant le trop noir d'un peu de confiture...

— Madame Favreau, quand votre mari vous a quittée, saviez-vous que madame Lanteigne était propriétaire de la maison que vous habitiez?

— Non.

Bouleversée, Marquise évite le regard du policier et tripote nerveusement le col de sa robe de chambre.

— Pensez-y comme il faut : vous le saviez?

— Non!

Trois mois avant son départ, Igor de Pourceaugnac avait transféré sa maison au nom de Ruth Lanteigne, sans en souffler mot à Marquise qui s'est vue par la suite expulsée par huissier.

— Quand avez-vous vu monsieur de Pourceaugnac pour la dernière fois?

Marquise hésite à répondre. Le sergent Mayrand se lève et sort une lettre de sa poche.

— Madame Favreau, reconnaissez-vous cette lettre?

— C'est... c'est moi qui l'ai écrite.

— Vous y parlez d'une maison. Est-ce bien la maison en question?

— Oui.

— Celle-là même qui appartenait à Ruth Lanteigne?

— C'est faux! Cette maison appartenait à mon mari; Ruth Lanteigne n'était qu'un prête-nom!

Conscient de son effet, le policier se met à tourner tranquillement autour de la table sans cesser d'observer Marquise.

— Madame Favreau, qu'avez-vous fait jeudi dernier?

9

Anaïs Blain avait noté dans la marge de son agenda : «Tandis que Gertrude Corriveau s'acharne sur les corrections, j'en profite pour apprendre docilement mes leçons.» Elle n'arrivait plus en retard, ne parlait à personne durant les heures de travail et se pliait aux exigences d'Igor de Pourceaugnac qui insistait pour qu'elle vienne prendre le thé dans son bureau tous les matins à dix heures précises. Une chose pourtant avait changé : la tasse! Car, dès le deuxième jour, Anaïs en avait apporté une autre, beaucoup plus esthétique, avec des oiseaux de paradis au plumage coloré sur fond noir. En échange, elle s'était emparée de la «tasse à tétons» et l'avait froidement lancée par terre où elle s'était fracassée en plusieurs morceaux.

— Jamais je n'accepterai que vous buviez devant moi dans une horreur pareille!

Aussi gêné qu'un petit garçon surpris à renverser son verre de lait, Igor de Pourceaugnac osait à peine regarder Anaïs qui le dévisageait effrontément pour bien lui faire comprendre que ce genre de comportement ne serait jamais plus toléré en sa présence. Elle le défiait encore quand Gertrude Corriveau avait fait irruption dans le bureau.

— Oh mon Dieu! Que s'est-il passé?

Prête à reconnaître ses torts, Anaïs allait avouer que c'était sa faute quand Igor a déclaré qu'il s'agissait d'un accident. Trop polie pour le dédire, Anaïs a discrètement quitté la pièce en laissant à «sainte Gertrude» le soin de ramasser les dégâts.

Quand les deux femmes se sont retrouvées dans la salle de conférences, Gertrude Corriveau avait aux coins des lèvres un petit sourire satisfait qu'Anaïs ne lui connaissait pas.

— Merci!

— Merci pour quoi?

— Pour la tasse, jamais je n'aurais osé!

Quand Gertrude a posé sa main froide sur la sienne, Anaïs a cru déceler un soupçon d'amitié. Mais cet élan de tendresse a vite été refréné. La correctrice a repris le dessus sur la femme et ses lèvres trop minces se sont figées dans un rictus hautain et grimaçant.

— Et alors, où en étions-nous?

Après d'interminables discussions, Anaïs Blain avait finalement réussi à imposer son veto sur toutes les corrections *suggérées* par Gertrude. Et Igor de Pourceaugnac, qui semblait satisfait de la version finale, parlait déjà de présenter le manuscrit à un éditeur américain, de lancer le roman en France et de l'offrir à un producteur pour en tirer une télésérie à succès. Évidemment il balayait du vent, mais la jeune romancière était encore trop novice pour s'en apercevoir. Portée par la vague, Anaïs Blain vivait des heures grisantes et se voyait déjà au pinacle, là où l'on ne retrouve que les plus grands… ou les plus prétentieux ; ça dépend !

— Et maintenant si nous parlions du lancement !

Le cinquième jour, à l'heure du thé, Igor avait cru bon d'inviter Ruth Lanteigne à se joindre à eux pour une petite réunion à huis clos. Mis à part les dîners, c'était la première fois que l'écrivaine se retrouvait par affaires en présence de la femme-panthère qui portait ce jour-là un justaucorps doré si moulant qu'Anaïs a pensé : «Ce n'est pas une femme, c'est un trophée !» D'entrée de jeu, Ruth a délimité son territoire en choisissant le meilleur fauteuil. Elle s'est assise en croisant les jambes, puis elle a sorti un long cigare et l'a allumé sans se soucier d'incommoder son entourage.

— Et alors, ce roman ?

Indifférents à la présence d'Anaïs, Igor et Ruth se sont mis à converser en initiés, dans un charabia impossible à comprendre pour quiconque n'a jamais fréquenté ce milieu élitiste où le verbiage tient souvent de la haute voltige. Igor parlait à mots couverts des problèmes sérieux qu'il semblait éprouver avec le *distributeur*, tandis que Ruth s'acharnait à lui démontrer que le secret pour obtenir une meilleure *mise en place* était un bon *service de presse*…

— Au fait, Igor, as-tu choisi l'attachée de presse ?

— Je pensais à… tu sais cette petite blonde qui a de jolis seins ?

— Julie Poitras?

— Julie Poitras! C'est curieux, tu vois, je n'arrive jamais à me rappeler son nom.

— Par contre, tu as remarqué ses seins!

— Ah ça!

Tenue à l'écart de ces propos, Anaïs Blain se sentait terriblement mal à l'aise de voir Igor et Ruth se lancer des œillades entendues et faire des gorges chaudes des seins de Julie Poitras. Elle aurait voulu s'interposer et prendre en son absence la défense de Julie, mais l'arrogance du couple l'empêchait de réagir.

Julie Poitras était une jeune fille blonde, un peu naïve, qui semblait sortir directement d'une photo de David Hamilton. Elle portait souvent une blouse d'organdi à travers laquelle on pouvait deviner le galbe de ses seins et la rondeur de ses mamelons qui saillaient effrontément lorsqu'elle était nerveuse. Conscient de ce détail, Igor de Pourceaugnac adorait l'énerver...

* * *

— Votre nom?

— Julie Poitras.

— Profession?

— Attachée de presse.

Après toutes ces années, la belle Julie a un peu grossi, mais sa figure angélique arrive encore à impressionner le sergent Mayrand qui lui réserve une attention toute parti-culière. La pauvre fille! En apercevant le policier, elle s'est mise à pleurer si fort que pour un peu il l'aurait bercée.

— Vous connaissiez bien monsieur de Pourceaugnac?

— Très bien, oui.

— Depuis longtemps?

— Très longtemps. Igor était un père pour moi!

Sans doute troublée par l'émotion, Julie Poitras charriait un peu. Un père? Igor? Pour son fils, oui, mais comme le grand éditeur ne l'a jamais reconnu… En fait, jusqu'à tout récemment, Igor de Pourceaugnac n'avait jamais su que cet enfant était de lui, puisqu'il avait engrossé Julie quelques mois à peine après son mariage avec un jeune camionneur qui a toujours pensé que ce bébé était le sien. Seule Julie connaissait la vérité, grâce à une légère malformation du lobe de l'oreille gauche qu'Igor lui-même tenait d'Olga.

— Que savez-vous de lui?

— Ben… euh!… c'était un homme imposant, gênant même, et qui m'impressionnait beaucoup.

— Il vous impressionnait, dites-vous?

— Oh oui! Il avait une belle voix, une voix en-voûtante!

Julie ressent un léger frisson en parlant de la voix d'Igor; un arrière-goût d'été lui revient. C'était un soir de juillet qui promettait une nuit très chaude. Et Julie, à qui Igor venait de confier le dossier d'Anaïs Blain, se trouvait seule dans la salle de conférences devant une pile de dossiers de presse qu'elle n'avait plus qu'à adresser. Pour se sentir plus à l'aise, elle avait relevé ses cheveux en chignon et torsadé sa jupe indienne entre ses cuisses. L'atmosphère étouffante lui causait des migraines. Elle se sentait tendue et devait s'arrêter fréquemment pour se masser le cou.

— Veux-tu que je t'aide ?

Julie a sursauté. En entrant sans frapper, Igor de Pourceaugnac venait de lui faire peur. Il a tamisé la lumière, s'est approché d'elle à pas feutrés puis, sans aucun préambule, il s'est mis à la caresser. Il léchait sa nuque humide, flattait ses seins et se collait dans son dos avec une telle vigueur qu'elle sentait la raideur de son sexe entre ses fesses. Igor murmurait «je t'aime» et Julie le croyait. Sans cesser de la bécoter, il l'a prise par les épaules et l'a retournée face à lui. Basculant par en arrière, Julie glissait tout doucement sur la table de conférence tandis qu'Igor montait sur elle. Leurs corps fiévreux bougeaient en harmonie. Igor se régalait, Julie s'abandonnait. Et, pour la toute première fois, elle jouissait.

— N'oublie pas d'éteindre toutes les lumières en partant !

La voix d'Igor avait perdu son charme, mais le *souvenir du charme* germait déjà au creux du ventre de Julie. Et quand son mari est venu la chercher, il n'a rien remarqué, sinon que sa femme avait l'air heureuse. Par bravade ou par prémonition, elle lui a dit : «Chéri, je crois que je suis enceinte»... et ils se sont embrassés.

— Quand avez-vous vu monsieur de Pourceaugnac pour la dernière fois ?

Très nerveuse, Julie Poitras prend le temps d'essuyer ses mains moites sur sa jupe de lainage.

— Madame Poitras, je répète ma question : quand avez-vous vu monsieur de Pourceaugnac pour la dernière fois?

— La semaine dernière. J'étais allée le rencontrer à son bureau pour discuter d'un projet.

Par respect pour son fils, Julie s'était pourtant juré de ne jamais plus se laisser prendre au ramage d'Igor de Pourceaugnac qui l'avait poursuivie de ses avances chaque fois qu'elle avait accepté de travailler pour lui. Or, c'est à cause de son fils, justement, qu'une fois encore elle avait accepté d'étouffer ses scrupules. Encouragée par son mari qui avait toujours considéré Igor de Pourceaugnac comme un être généreux et bon, Julie s'était présentée à la maison d'édition en caressant l'espoir d'amadouer le père de son enfant. Dans son sac, deux photos du petit Grégory prises à un an d'intervalle parlaient d'elles-mêmes. Sur la première : un enfant aux cheveux bouclés riait et s'en donnait à cœur joie dans un manège à La Ronde; sur l'autre : un enfant chauve au regard triste attendait, impuissant, une prochaine greffe de moelle. Entre les deux, des jours et des nuits d'une souffrance indescriptible.

— Madame Poitras, pouvez-vous me dire pourquoi vous vouliez voir monsieur de Pourceaugnac?

— J'avais un service à lui demander mais, malheureusement, nous n'avons pas réussi à nous entendre.

10

Triste matin de funérailles. Le ciel chagrin pleure des clous, transformant la neige ouatée des derniers jours en une *slush* noire et glissante. Debout sur le parvis de l'église, Ginette Corbeil, qui, après avoir découvert le cadavre de son amant, n'a jamais eu le courage d'entrer dans le salon funéraire, attend patiemment l'arrivée du cortège. Toute menue dans son blouson de cuir usé, elle s'agite, trépigne et se réchauffe en soufflant sur ses mains comme elle le faisait autrefois quand ses parents l'emmenaient au défilé du père Noël. En repensant à cette époque bénie où elle n'était pas encore orpheline, Ginette essuie une larme, relève le col de son manteau et tente de se distraire en s'allumant une cigarette.

Croyant sans doute que cet ultime honneur lui revenait de droit, Ruth Lanteigne a décidé d'orchestrer elle-même tous les détails de la cérémonie, en faisant fi des conseils de René Masson qui aurait certes préféré une inhumation plus sobre et plus discrète pour éviter d'attiser l'appétit des médias qui se font un banquet de la moindre vétille. Aussi imprévue qu'arbitraire, cette initiative de la femme-panthère a d'abord choqué puis soulagé Ginette Corbeil qui ne se voyait pas prendre en charge une pareille organisation à partir des coulisses enfumées du *Crazy Love* où, depuis le soir du crime, elle vit son «veuvage» en silence et pleure la mort d'Igor de Pourceaugnac entre un strip-tease intégral et une heure de service aux tables.

Près du portail principal, quelques hommes bien mis, des éditeurs sans doute, jettent vers Ginette un regard intrigué en essayant de deviner qui elle pourrait bien être. Ils se consultent, s'animent, rigolent, mais Ginette ne les voit pas. Retirée dans un coin, à l'abri du vent, elle prie un peu pour Igor, beaucoup pour elle-même, en égrenant un vieux chapelet qui n'a jamais servi depuis le jour de sa première communion.

Les cloches sonnent le glas. Au bout de la rue, on aperçoit le corbillard qui avance lentement, solennellement, précédé de six landaus chargés de gerbes et de couronnes. En de telles circonstances, le milieu littéraire a la fleur généreuse. Arrivent ensuite les limousines, imposantes, scintillantes, un vrai régal pour les yeux des curieux parsemés çà et là tout au long du parcours.

À tout seigneur, tout honneur! Le nouveau directeur littéraire des Éditions De Pourceaugnac et sa femme sortent en premier, suivis de près par Ruth Lanteigne qui joue à celle qui va gagner l'oscar. Avec son imper satiné noir enrichi d'un col de vison, son foulard à la Bardot et ses immenses lunettes sombres, la grande vedette feint de se frayer un chemin parmi la foule en se donnant les allures d'une star importunée par ses admirateurs.

Habituée à vivre dans l'ombre, Marquise Favreau se fait plus discrète. Les cheveux retenus par un turban de mohair blanc, son foulard assorti relevé exprès devant sa bouche, elle regarde continuellement par terre pour éviter d'être remarquée par l'ancienne maîtresse de son mari qui, si elle la reconnaissait, se ferait un plaisir de venir l'humilier.

De plus en plus, les gens se bousculent. Troublée par la proximité de Ruth Lanteigne, Marquise Favreau tente de l'oublier en observant tout ce qui se passe autour d'elle. Soudain un jeune moineau attire son attention. Un moineau brun, tout ordinaire, qui picore un vieux croûton sur le terrain du presbytère. Marquise, qui ne connaît pourtant rien aux oiseaux, se laisse prendre à son jeu en se disant qu'elle aimerait bien voler comme lui, être légère, être libre… En moins de deux, le moineau fait un bond. Il tente de se réfugier sur une branche mais il bat de l'aile et retombe sur son ventre en s'empêtrant dans la neige molle.

Sans cesser de l'observer, Marquise murmure : «*Un village écoute désolé / Le chant d'un oiseau blessé…*» Puisant dans ses souvenirs, elle se remémore ce poème de Prévert qu'une religieuse, un peu artiste, lui avait enseigné à l'école : «*C'est le seul oiseau du village / Et c'est le seul chat du village / Qui l'a à moitié dévoré…*» Les porteurs hissent le cercueil sur leurs épaules. «*Et l'oiseau cesse de chanter / Le chat cesse de ronronner / Et de se lécher le museau…*» Ils gravissent maintenant le perron de l'église. Distraite, Marquise s'engage dans le cortège sans cesser de fixer l'oiseau qui la fascine autant qu'il la dérange. «*Et le village fait à l'oiseau / De merveilleuses funérailles / Et le chat qui est invité / Marche derrière le petit cercueil de paille / Où l'oiseau mort est allongé / Porté par une petite fille / Qui n'arrête pas de pleurer…*» Marquise s'attendrit sur cette petite fille. Elle voudrait la prendre dans ses bras, la consoler, sécher les larmes de cette enfant pour oublier ses larmes à elle. Elle continue tout bas : «*Si j'avais su que cela te fasse tant de peine / Lui dit le chat / Je l'aurais mangé tout entier / Et puis je t'aurais raconté / Que je l'avais vu s'envoler / S'envoler jusqu'au bout du monde / Là-bas où c'est tellement loin / Que jamais on n'en revient...*» Les porteurs déposent le cercueil sur le catafalque. «*Tu aurais eu moins de chagrin / Simplement de la tristesse et des regrets...*» Marquise se retourne et jette un dernier coup d'œil vers l'oiseau. «*Il ne faut jamais faire les choses à moitié.*»

Elle répète : «*Il ne faut jamais faire les choses à moitié*» tandis que les portes de l'église se referment sur elle.

Une dizaine de paroissiens et quelques curieux se tiennent en grappe tout près du bénitier. Gertrude Corriveau est parmi eux. Par discrétion ou par timidité, elle évite de se faire voir en se cachant derrière un journaliste. Un peu plus loin, accrochée au bras de son mari, Julie Poitras pleure en silence, en tenant par la main un enfant décharné qui ne se doute même pas qu'il assiste ce matin aux funérailles de son père.

En descendant la grande allée, les porteurs traversent une haie d'honneur formée par les auteurs publiés aux Éditions De Pourceaugnac. Une idée que Ruth Lanteigne a facilement vendue à René Masson qui désirait à tout prix étouffer la rumeur d'une dissidence au sein de la *Grande Famille!* Une seule ombre au tableau, vite remarquée par tous les journalistes : Anaïs Blain n'est pas du nombre.

Les invités prennent place, un baryton entonne l'Ave Maria et le service funèbre est sur le point de commencer quand le bruit sourd d'un corps qui tombe fait sursauter toute l'assistance. Aussitôt quelques fidèles se précipitent vers la colonne derrière laquelle une femme en pleurs vient de s'écrouler. Terrassée par la douleur, Olga Cauchon n'a plus la force de supporter la souffrance que lui impose la vue de ce cercueil de chêne dans lequel repose son fils unique, celui-là même qui racontait à tout le monde que sa mère était morte.

— Ça va mieux?

— Beaucoup mieux! Merci, ma sœur!

Assise dans la sacristie, Olga attend la fin de la cérémonie en sirotant un café fort préparé par la sœur sacristine. Discrète mais malgré tout un peu curieuse, la religieuse s'affaire à frotter des ciboires sans quitter sa protégée des yeux. D'allure modeste et plutôt réservée, elle travaille avec minutie et ne se déplace qu'en marchant sur la pointe des pieds.

— Au fond, c'était un bon petit gars.

— Je vous demande pardon?

— Mon fils… au fond c'était un bon petit gars. Un très bon petit gars! Quand il était enfant, je l'appelais «mon petit Don Quichotte», parce qu'il se battait toujours contre des moulins à vent…

La sacristine range le dernier ciboire et verrouille prudemment les portes de l'armoire vitrée avant de venir s'asseoir toute droite en face d'Olga, dans une attitude de grand recueillement, eu égard aux circonstances. Rompue à la discipline des couvents, la vieille dame retrouve d'instinct les manières rigoureuses que les religieuses inculquaient aux jeunes filles d'autrefois. Elle redresse son corps alourdi, relève fièrement la tête et pose sur ses cuisses ses deux mains en corbeille sans oser défier le regard de la religieuse qui l'observe à la dérobée avec un certain contentement.

— Avez-vous eu plusieurs enfants?

— Un seul, Igor était mon fils unique.

— Quel dommage!

Craignant d'être jugée comme une femme égoïste qui aurait volontairement «empêché la famille», Olga sent le besoin de s'excuser.

— Mon mari est mort très jeune, vous comprenez, Igor n'avait que cinq ans; le cher petit!... Figurez-vous qu'après la mort de son père il répétait à tout le monde qu'il allait m'épouser!

Olga sourit mais la religieuse reste stoïque, à croire qu'un seul sourire dans de telles circonstances lui paraîtrait complètement déplacé. Au même moment, les cloches de l'église se remettent à sonner et Olga Cauchon sent son cœur se briser. Elle se lève, remercie la sacristine puis se dirige courageusement vers la sortie.

— Pauvre Don Quichotte! Au moins je serai là pour te descendre en terre.

Par peur sans doute de devoir patauger dans la boue, peu de gens se sont rendus au cimetière. Bien sûr, René Masson les avait tous invités mais les éditeurs avaient trop à faire et les journalistes, pressés, craignaient de rater l'heure de tombée. Par contre, Ruth Lanteigne n'aurait pas manqué ça pour tout l'or du monde. Marquise non plus

104

d'ailleurs, mais pour une raison tout à fait différente : elle venait d'apprendre l'existence d'Olga et tenait absolument à voir de près cette belle-mère fantôme qui avait, sans le savoir, complètement bouleversé sa vie.

— Pardon, madame, permettez-moi de me présenter, Marquise Favreau, l'ex-femme de votre fils.

— Sa femme ? Mais j'ignorais qu'Igor avait été marié !

Marquise la prend par le bras avec complicité.

— Vous avez même une petite-fille !

— C'est vrai ?

— Oui, elle a dix ans et se prénomme Marie-Olga.

Si la mère d'Igor avait été vraiment morte, ces mots auraient réussi à la ressusciter. Ravivée par l'émotion, sa triste figure s'illumine tout à coup d'un sourire rayonnant qui procure à Marquise une joie imprévisible. Spontanément, les deux femmes se prennent par la main pour se rapprocher de la tombe. Et tandis que le cercueil d'Igor de Pourceaugnac descend lentement de quelques centimètres, Olga Cauchon et sa belle-fille se recueillent en silence…

* * *

— Votre nom ?

— Olga Cauchon.

— Votre âge ?

— Soixante-douze ans.

— Cauchon, c'est votre nom de fille ?

— Non, excusez-moi, monsieur, je suis de la vieille école et comme j'ai toujours porté le nom de mon premier mari… mais, si vous préférez mon nom de fille…

— Non, non, c'est parfait, ça ira!

C'est Olga elle-même qui a insisté pour que le sergent Mayrand vienne l'interroger chez elle. Et celui-ci a accueilli cette requête avec d'autant plus d'empressement qu'il était curieux d'en apprendre davantage sur la relation qui avait existé entre cette mère fraîchement ressuscitée et cet Igor de Pourceaugnac dont la mort lui paraissait de plus en plus mystérieuse.

— Madame Cauchon, vous prétendez être la mère d'Igor de Pourceaugnac…

— Je ne le prétends pas, monsieur, je le suis!

— C'est curieux, mais on m'avait dit que vous…

— Que j'étais morte?

— Oui! Vous le saviez donc?

— Bien sûr! Je l'ai appris au cours d'une entrevue qu'Igor donnait à la télévision. Comme preuve qu'il ne faut jamais croire tout ce que l'on nous raconte!… Mais je suis là, qui parle, qui parle, sans même vous offrir un petit verre de vodka! Mon pauvre ami, vous devez mourir de soif!

Soudain le sergent Mayrand constate qu'Olga parle en roulant exagérément les «r» comme pour authentifier ses origines russes qui lui viendraient, selon ses dires, d'une ancêtre très lointaine, née d'une liaison adultère entre une ballerine et un tzar. Olga revient avec deux verres et une bouteille de vodka refroidie.

— La vodka, c'est le nectar des dieux !

Elle remplit les verres puis vide le sien d'une traite.

— Comment, sergent, vous ne buvez pas ?

— Jamais lorsque je suis en service… Maintenant, madame, dites-moi, quand avez-vous vu votre fils pour la dernière fois ?

— C'était il y a quinze ans.

— Vous souvenez-vous de cette rencontre ?

— Mon Dieu Seigneur, si je m'en souviens ! C'était dix jours à peine après la mort de mon deuxième mari…

Visiblement nerveuse, Olga enlève et remet son jonc à plusieurs reprises.

— Vous savez, sergent, mon fils pouvait paraître indifférent, comme ça, mais au fond je suis certaine qu'il m'aimait. Et moi aussi je l'aimais ! C'est cette femme qui l'influençait !

— Quelle femme ?

— Une femme fatale, une intrigante ; elle s'appelait Ruth, je crois.

— Ruth Lanteigne ?

— Lanteigne ! Exactement, oui, oui, c'est ça ! Igor et elle ont été fiancés autrefois, du moins c'est ce que j'avais cru comprendre lorsqu'il l'avait amenée chez moi.

— L'avez-vous rencontrée souvent ?

— Non, une seule fois.

Olga avale le deuxième verre de vodka comme pour se donner la force de continuer. Le sergent Mayrand l'écoute sans l'interrompre.

— Je me retrouvais veuve, encore une fois, et cette situation tracassait énormément mon pauvre Igor qui s'inquiétait beaucoup pour moi. Déjà, quelques jours auparavant, il m'avait suggéré de vendre ma maison pour aller m'installer dans une résidence, mais cette idée ne me souriait pas tellement.

— Vous aviez quel âge?

— Cinquante-sept ans.

— Vous voulez dire que votre fils voulait vous placer dans une résidence à cinquante-sept ans?

— C'était pour mon bien, évidemment! Quoi qu'il en soit, cette fameuse Ruth Lanteigne connaissait apparemment des gens *très bien* qui géraient un foyer *merveilleux* où je pourrais terminer mes jours en toute tranquillité.

— Et votre maison?

— Oh! ma maison ne présentait aucun problème puisque mon fils, encouragé par cette femme, se disait prêt à la racheter pour me permettre de déménager plus vite.

— Avez-vous accepté?

— Non! Malheureusement, mon fils ne m'en offrait que la moitié du prix. Non, mais vous vous rendez compte? Pauvre Igor, il n'avait aucune idée de la valeur d'une maison pareille!

— En êtes-vous sûre?

— Absolument! Sans compter que le foyer où cette femme voulait m'envoyer ne me garantissait aucun confort. Mais, ça non plus Igor ne pouvait pas le savoir.

Le sergent Mayrand devient perplexe.

— Êtes-vous certaine qu'ils n'étaient pas de connivence?

— Qui ça?

— Votre fils et cette femme?

— Igor et elle? Mais non, voyons donc, c'est insensé! Pauvre Igor, comment aurait-il pu deviner que ce foyer-là était un foyer clandestin?

— Et vous, comment l'avez-vous su?

— Par hasard.

— Par hasard?

— Disons que j'ai fait ma petite enquête.

— Doutiez-vous donc de la bonne foi de votre fils?

— Pas du tout! Mais je me méfiais un peu des sentiments de cette femme. À mon avis, Ruth Lanteigne était trop gentille, trop affable et paraissait trop pressée de conclure cette affaire pour que je puisse lui faire confiance. Quant à Igor, il en était amoureux fou, et vous savez ce que c'est quand un homme est amoureux fou!

Olga se berce en fixant sur le mur d'en face les photos de ses deux maris. Le sergent Mayrand se fait curieux.

— Et alors, à qui l'avez-vous vendue, votre maison?

— Je ne l'ai jamais vendue. Une grande maison pleine de souvenirs, je n'allais tout de même pas la laisser partir pour une bouchée de pain… surtout que, depuis la mort de mon deuxième mari, elle se trouvait dégagée de toute hypothèque!

Le sergent Mayrand en reste estomaqué.

— Vous voulez dire qu'il s'agit de la maison dans laquelle nous nous trouvons maintenant?

— Exactement!

— Donc votre fils savait où vous trouver?

— Évidemment, mais, entre vous et moi, je préférais qu'il ne revienne pas.

— Qu'est-ce que vous voulez dire?

Le regard d'Olga Cauchon s'embrume.

— Je sais que cette histoire peut vous paraître ridicule mais, depuis cette fameuse visite, j'avais peur.

— De votre fils?

— Non, Igor était jaloux, peut-être, mais il n'était pas méchant.

— Alors de qui aviez-vous peur?

— De Ruth Lanteigne! Elle semblait avoir une telle emprise sur lui que mon pauvre Igor n'arrivait plus à respirer sans elle.

— Pourtant il y a longtemps qu'ils n'étaient plus ensemble.

— Je n'en suis pas si sûre; si vous l'aviez vue l'autre jour, aux funérailles…

Encore une fois, le sergent Mayrand voit les pistes s'embrouiller. Il se lève, s'approche d'Olga et lui prend la main.

— Madame Cauchon, pourquoi avez-vous tant insisté pour que je vienne vous voir?

— Parce que cette femme venait de téléphoner… pour m'accuser d'avoir tué mon fils!

11

Aveuglée par les éclairs éblouissants du stroboscope, Anaïs Blain arrivait mal à distinguer les traits de Ginette Corbeil, qui l'avait invitée au *Crazy Love* sans vouloir lui donner la raison de cette rencontre.

— J'avais assez peur que tu ne viennes pas! Suis-moi, je t'ai réservé la quinze, c'était la table de tu-sais-qui!

Ginette a dit «de tu-sais-qui» en baissant la voix comme pour éviter de prononcer le nom du diable dans un endroit sacré.

— D'ici tu vas tout voir. Tu vas voir ça, tu ne perdras rien!

Drôle de loge que cette banquette de vinyle rouge coincée derrière une table noire, dans ce recoin discret où une écrivaine, même renommée, ne courait aucun risque d'être reconnue.

— Excuse-moi, Anaïs, mais j'ai pas le temps de te parler; je reviendrai te voir après mon show! En attendant, c'est Dina qui va s'occuper de toi. Veux-tu boire quelque chose?

— Peut-être un Coke.

— Avec du rhum?

— Oh non, merci, pas d'alcool!

— Comme tu voudras!

Ginette a haussé les épaules en souriant, puis elle s'est éloignée rapidement en criant à la barmaid…

— Un Coke *straight* pour la quinze!

Elle a jeté un dernier coup d'œil vers Anaïs avant de se faufiler dans la coulisse sans regarder derrière elle.

— Qui c'est qui a demandé un Coke *straight*?

Comme Anaïs tardait à répondre, Dina a répété sa phrase en insistant sur le mot *straight* pour amuser la clientèle. Minimalement vêtue de paillettes argentées, la jeune serveuse ondulait entre les tables en offrant son corps parfumé aux clients éméchés qui la respiraient autant qu'ils la regardaient. Elle s'est arrêtée net devant la table d'Anaïs Blain.

— Et un Coke *straight* pour madame!

— Merci! Je vous dois combien?

— Rien pantoute, c'est Ginette qui paye!

— Ah bon! Merci beaucoup!

Déjà profondément mal à l'aise, Anaïs aurait apprécié que la serveuse lui fiche un peu la paix, mais Dina s'attardait.

— C'est-tu ben vrai que t'écris des livres ?

— Eh oui !

— Aye ! je sais pas comment tu fais ; moi, j'en vois un pis le cœur me lève !

— Chacun son métier !

— Ouais ! Quant à ça, je te verrais pas toute nue sur un *stage* !

— Moi non plus !

— Comment tu t'appelles ?

— Anaïs.

— Anaïs ? C'est un drôle de nom, ça me fait penser à du blé d'Inde… Moi, c'est Dina !

Dina parlait et se dandinait au même rythme que les trois effeuilleuses qui occupaient tour à tour la scène depuis un bon quart d'heure.

— Excuse-moi si je danse, mais si j'arrête je vas me faire zapper !

— Vous faire *zapper* ?

— Tu peux être sûre. Le boss en a zappé deux la semaine passée !

Sans cesser de se trémousser, Dina s'est rapprochée d'Anaïs en lui parlant à voix basse.

— Dis donc, le connaissais-tu ?

— Qui ça ?

— Le *pimp* de Ginette ?

— Le quoi?

— Ben oui, tu sais ben, celui qui... euh!... Aye, y paraît qu'y s'était fait arranger le portrait pas à peu près!

En constatant que Dina riait, Anaïs a ressenti un haut-le-cœur accompagné d'une douleur à la poitrine qui l'empêchait de respirer. Elle a attrapé son verre de Coke et l'a vidé d'une traite.

— Tabarnouche! T'avais soif!

— Il fait chaud ici.

— Attends, je vas t'en apporter un autre.

— Non, non, merci, ce n'est pas la peine.

— Ben voyons donc, c'est mon plaisir!

Quand Ginette a fait son entrée, le volume de la musique a monté d'un cran, le stroboscope s'est affolé et l'atmosphère déjà chargée est devenue étourdissante. Dina s'est penchée vers Anaïs.

— Tu vas voir ça, elle est é-cœu-ran-te!

Anaïs a tourné son regard vers la scène où Ginette se déhanchait avec, pour seul vêtement, un cache-sexe en paillettes noires et de longs gants mauves phosphorescents. Soutenue par un rythme de bongos, la danseuse se caressait partout en insistant sur ses parties intimes juste le temps qu'il lui fallait pour allumer la clientèle. Sans perdre le rythme, elle s'accroupissait, se triturait les seins, puis se tournait stratégiquement en s'écartillant bien grand pour leur montrer la «lune». Les clients étaient littéralement soufflés. Ginette les tenait dans sa main. Et quand elle a senti qu'ils étaient mûrs, elle a retirée son cache-sexe en accélérant le geste. À cause de l'éclairage, les voyeurs excités ne voyaient plus que les gants qui allaient et venaient entre ses cuisses, suggérant des plaisirs qui les faisaient saliver.

Isolée dans la loge-des-pauvres, Anaïs ne pouvait s'empêcher de penser à Igor de Pourceaugnac qui jouait à l'intellectuel, le jour, et fréquentait les danseuses, la nuit. Un *pimp*! Dina avait prononcé le mot *pimp* avec la même vénération que s'il s'était agi d'un prince. Pauvre Igor! Tout à l'heure elle l'aurait volontiers crucifié et voilà qu'elle le plaignait. Mais cette pitié n'était-elle pas la sœur jumelle du mépris?

Anaïs, qui avait cessé depuis longtemps de s'intéresser aux prouesses de Ginette, essayait maintenant de les regarder avec les yeux du Prince Igor qui venait presque tous les soirs s'installer à cette table pour voir sa maîtresse s'offrir en pâture à tous ces affamés dont elle nourrissait les fantasmes. Que faisaient-ils ensuite dans leur intimité? Répétait-elle pour lui les mêmes extravagances? Osait-elle les mêmes gestes? Et les gants mauves? Était-ce à cause de lui qu'elle portait des gants mauves?

Sans se laisser distraire par le spectacle, les serveuses continuaient de zigzaguer entre les tables, les mains remplies de bocks de bière qui débordaient sur le carrelage quand un client trop soûl osait les bousculer. Anaïs en avait assez et elle allait partir quand Dina lui a apporté un deuxième verre de Coke.

— Tiens, ma vieille, je te l'avais promis.

— Merci.

— Excuse-moi, faut que je me dépêche, ça va être mon tour !

La danseuse est repartie aussi vite en lançant un clin d'œil à Anaïs qui n'en finissait plus de trouver la soirée longue. Deux toutes jeunes filles occupaient maintenant le centre de la scène. Visiblement gênées, elles tentaient de faire leurs premières armes dans l'indifférence la plus totale, car l'heure du pèlerinage vers les toilettes venait de sonner.

— Ça ne sera pas long, ma chouette, j'ai un client !

Passant près de la table en coup de vent, Ginette Corbeil avait embrassé Anaïs sur la joue avant de s'engouffrer dans une cage en treillis, en compagnie d'un gros monsieur poilu qui la suivait docilement en baissant timidement la tête. Malgré la musique ahurissante, Anaïs pouvait entendre les plaintes et les grognements jouissifs du client satisfait qui paraissait savoir tâter la marchandise. Un peu troublée, Anaïs Blain s'interrogeait. Igor jouait-il aussi à ce jeu-là ? S'enfermait-il parfois, avec Ginette ou avec d'autres, pour une petite partie de tripotage ? Chaque fois qu'elle pensait à Igor, Anaïs se sentait nerveuse. Son cœur palpitait, sa tension montait et sa gorge devenait si sèche qu'elle avait du mal à avaler. Elle, qui n'en buvait pour ainsi dire jamais, venait de caler son deuxième verre de Coke presque aussi rapidement que le premier.

Au bout d'un moment, les ardeurs se sont émoussées et les gémissements se sont faits plus discrets jusqu'à ce que le gros ours repu quitte enfin sa tanière, les lèvres encore barbouillées de miel.

— Puis, comment c'est que t'as trouvé mon show ?

118

Vêtue d'un jean serré et d'un T-shirt moulant portant l'emblème du *Crazy Love*, Ginette Corbeil s'avançait vers Anaïs en affichant un air épuisé. Sans doute à cause de l'éclairage, ses yeux trop maquillés lui donnaient l'allure d'une marionnette dont on aurait lâché les ficelles.

— À soir j'ai mis le paquet; je voulais te montrer tout ce que je sais faire!

Ginette a balancé son sac à main par terre et s'est allumé une cigarette avant de s'installer à califourchon sur une chaise. Un client ivre s'est avancé vers elle.

— Cou'donc, Ginette, es-tu virée lesbienne?

Insultée, Ginette s'est levée d'un bond en le menaçant du poing, puis s'est rassise presque aussi vite.

— Non, mais, l'as-tu entendu? L'écœurant! Quand Igor était là, j'en connais pas un maudit qui m'aurait parlé de même!

— Voyons donc, Ginette, oublie ça; ce n'est quand même pas une insulte.

— Pas une insulte? Cou'donc, toi, es-tu en train de me dire que t'en es une?

— Non, mais j'ai beaucoup d'amies qui le sont.

— Faut croire qu'on ne fréquente pas le même monde!

— J'en suis persuadée!

Au lieu de regarder Anaïs, Ginette s'affairait à gratter les nervures de la table avec ses ongles en acrylique, ce qui produisait un petit bruit sec aussi agaçant que celui d'un pic-bois s'acharnant sur un arbre.

— Tu dois bien te demander pourquoi je t'ai fait venir ici?

— En effet, c'est un endroit un peu insolite.

— Qu'est-ce que ça veut dire, insolite?

— Disons que ça veut dire «spécial»; mais cet endroit en vaut bien un autre.

— Anaïs, j'ai quelque chose à te demander.

— Quoi donc?

— Est-ce que je peux aller coucher chez toi?

— Chez moi? Mais je ne te connais que depuis une heure!

— Je le sais, mais il faut que je me pousse.

— Que tu te pousses?

— Je veux que la police me crisse la paix!

— Qu'est-ce que tu veux dire?

— Le sergent Mayrand me colle au cul; ça fait trois fois qu'il m'interroge. C'est rendu qu'il vient me relancer jusqu'ici.

— Pourquoi?

— Il pense que je sais qui a tué Igor.

— Le sais-tu?

— J'ai peut-être ma petite idée là-dessus.

— Et tu ne veux pas lui en parler?

— Viens-tu folle? Si je le disais, je serais pas mieux que morte!

Incapable de retenir ses larmes, Ginette fixait la scène en tirant sur sa cigarette. De temps en temps, elle formait des ronds avec la fumée comme s'il n'y avait rien d'autre à faire. Prise au dépourvu, Anaïs ne savait plus quoi lui répondre; brouillée par les odeurs du bar, la réalité dépassait la fiction.

— Écoute, Ginette, on pourrait peut-être se revoir demain?

— Demain? Mais, Anaïs, tu ne comprends pas : je suis dans la merde! Je ne sais plus où aller! Avant j'habitais chez Igor mais, quand j'ai voulu rentrer, hier soir, toutes les serrures avaient été changées.

— Qui a fait ça?

— Ruth Lanteigne.

— De quel droit?

— Paraît que la maison lui appartient.

Tout en parlant, Ginette n'en finissait plus de fouiller dans son sac.

— Elle avait garroché toutes mes affaires sur le balcon avec une boîte de vieux cossins, dans laquelle j'ai trouvé ça...

Elle sort un cahier de cuir mauve muni d'un cadenas minuscule.

— Tiens, prends-le, Anaïs, c'est pour toi.

— Pour moi?

— Oui. Tu m'excuseras, mais je l'ai lu.

L'idée que Ginette soit entrée sans permission dans les jardins secrets d'un mort scandalisait profondément Anaïs, qui osait à peine caresser le cuir patiné de la jaquette rigide sur laquelle les initiales d'Igor de Pourceaugnac étaient gravées en lettres fines. Émue, Anaïs a fermé les yeux en appuyant délicatement le bout de ses doigts sur chacune des lettres comme si elles étaient écrites en braille.

— Savais-tu ça qu'Igor t'aimait?

Saisie par cette question pour le moins inattendue, Anaïs s'est d'abord raidie, puis elle s'est ravisée en croyant deviner une lueur d'angoisse dans le regard de Ginette.

— Au début, oui, je crois qu'il m'aimait bien.

— Non, je ne parle pas de t'aimer *bien*, je parle d'amour, de vrai amour!

— Igor de Pourceaugnac amoureux de moi? Ha! Ha! non, mais tu veux rire?

Trop d'hésitation dans la voix, trop de sarcasme dans le rire. La désinvolture d'Anaïs Blain n'arrivait pas à convaincre Ginette que cette idée d'avoir été aimée par Igor la laissait complètement indifférente.

— Viens pas me dire que tu ne le savais pas?

— Quoi?

— Qu'Igor t'aimait?

— Ginette, je t'en prie, sortons d'ici, veux-tu?

Anaïs trouvait indécent de s'interroger sur une question aussi intime dans un environnement pareil. Subitement, tout ce qui l'entourait lui paraissait grotesque : les danseuses en néon qui clignotaient dans la nuit, les passants qui titubaient et cette musique assourdissante qui envahissait la rue chaque fois que le *doorman* ouvrait la porte. Appuyée sur la portière de sa voiture, Ginette la regardait avec insistance.

— Anaïs, réponds-moi : le savais-tu, oui ou non ?

— Nous en reparlerons chez moi, veux-tu ?

12

À peine arrivée chez Anaïs, Ginette s'est empressée d'installer son campement au beau milieu du salon, face à la fenêtre panoramique d'où l'on pouvait contempler les rues du Vieux-Montréal fraîchement ensevelies sous une fine couche de neige.

— Aye! C'est tellement beau que j'arriverai jamais à m'endormir!

— Avec tous les comprimés que tu viens de prendre, ça m'étonnerait.

— On peut voir tellement loin, j'en reviens pas!

— Continue de t'extasier si tu veux, moi, je vais me coucher.

— Bonne nuit!

— Bonne nuit!

Anaïs avait fait exprès d'oublier le cahier mauve sur la console du vestibule en espérant que son invitée l'oublierait aussi. Et ce subterfuge semblait avoir réussi puisque Ginette, couchée dans son lit d'appoint, paraissait beaucoup plus intéressée à admirer le paysage qu'à se laisser bercer par les amours hypothétiques d'Igor de Pourceaugnac.

Le *valium* commençait tranquillement à produire son effet. Les bâillements de Ginette se rapprochaient. Rassurée par la torpeur de son invitée, Anaïs en a profité pour aller récupérer le fameux cahier mauve en le dissimulant discrètement dans les replis de son peignoir. Elle s'apprêtait à refermer la porte de sa chambre quand Ginette l'a interpellée.

— Anaïs?

— Quoi?

— T'avais promis qu'on reparlerait d'Igor.

Comme Anaïs n'avait pas l'intention de passer une nuit blanche à converser, elle a proposé un compromis : quelques heures de sommeil en échange d'un petit-déjeuner-causerie dans le recoin vitré qui prolongeait la cuisine. Ginette a accepté. Il était trois heures et demie, le compte à rebours venait de commencer.

Une fois rendue dans sa chambre, Anaïs n'avait plus du tout envie de dormir. Étendue en travers du lit, le cahier mauve à portée de main, elle hésitait entre deux impulsions aussi déchirantes l'une que l'autre : le lire… ou le détruire. Sans se presser, elle caressait le cuir granuleux qui s'était patiné au fil des ans et, en fermant les yeux, elle retrouvait intacte l'odeur d'Igor de Pourceaugnac comme on renoue instantanément avec son enfance en reniflant un vieux sac d'école.

Sans peine aucune, Anaïs Blain venait de retourner dix ans en arrière. Elle se revoyait au Ritz-Carlton, le soir du lancement de son premier roman. Dans sa mémoire légèrement brumeuse, il y avait du monde, beaucoup de monde, des parents pour la plupart, et des amis, plusieurs amis désireux de partager avec elle les premières retombées de sa célébrité. Anaïs s'est mise à rire. Non mais, fallait-il que ses admirateurs soient naïfs pour parler de célébrité quand aucun journaliste, ni personne d'autre du merveilleux monde des médias, n'avait daigné répondre à l'invitation de Julie Poitras qui avait pourtant rempli ses devoirs d'attachée de presse et répété à satiété un joli baratin vantant les mérites de ce roman *ex-tra-or-di-naire* que, de toute évidence, elle n'avait pas lu.

La réponse des médias aurait sans doute été meilleure si, pour étoffer ses arguments, la jeune attachée de presse avait publié quelques annonces dans les journaux sollicités. Mais cette pratique, pourtant courante, bousculait les principes d'Igor de Pourceaugnac qui se faisait un point d'honneur de tout obtenir sans rien donner. Or qui ne donne rien n'a rien ! Et comme on ne peut faire qu'avec ce que l'on a, la pauvre Julie s'était débrouillée de son mieux avec le budget plus que minable consenti à contrecœur par Igor de Pourceaugnac en échange d'une deuxième séance de va-et-vient sur la grande table de la salle de conférences.

Dès dix-sept heures, les invités arrivaient déjà par groupes, au grand désespoir de l'éditeur qui s'arrachait les cheveux rien qu'à penser à combien ce lancement allait coûter. Au lieu de s'amuser, Igor comptait les petites saucisses et vérifiait les canapés tandis que, talonnée par Ruth Lanteigne, Julie Poitras guettait désespérément la porte d'entrée dans l'espoir de voir paraître ne serait-ce que le plus humble représentant du plus petit journal de quartier. Hélas, tous ceux qui se présentaient connaissaient déjà Anaïs et, comme le répétait Igor, «auraient acheté son livre de toute façon»!

Toujours dans sa bulle, Anaïs ressentait les bienfaits de ce bain d'amour sans se soucier des conséquences de l'indifférence des critiques. Assise derrière une table rectangulaire recouverte d'une nappe blanche, elle avait allumé une bougie aubergine qui flottait dans un bougeoir de verre rempli de vinaigre. Un petit truc impeccable pour chasser la fumée de cigarette des quelques invités qui se massaient autour d'elle en espérant une dédicace.

Sur la photo-souvenir de ce jour mémorable, Anaïs paraissait toute menue dans sa longue robe de lainage grège, avec pour seul bijou une fausse améthyste montée en broche qu'Igor de Pourceaugnac lui avait offerte quelques heures auparavant en lui avouant candidement qu'il s'agissait d'un bijou très ancien que sa mère lui avait légué en mourant. Anaïs n'oubliera jamais comment Igor la dévorait des yeux tandis qu'elle épinglait ce bijou de pacotille au beau milieu de son décolleté. Au même moment, Ruth Lanteigne s'emparait du micro pour annoncer en grande pompe que le président des Éditions De Pourceaugnac devait malheureusement quitter la fête, déchiré qu'il était entre le lancement d'un bébé de papier et la naissance imminente d'un bébé de chair. En choisissant le 12 septembre, personne n'aurait pu prévoir que la petite Marie-Olga déciderait de faire prématurément son entrée dans le monde en même temps que le premier roman d'Anaïs Blain. Terriblement superstitieux, Igor de Pourceaugnac y avait tout de suite vu «un clin d'œil du Destin, un gage de succès pour le roman et un présage de bonheur pour Marie-Olga». C'est du moins ce qu'il avait écrit sur la page de garde de son cahier mauve.

Anaïs a lancé le cahier sur le lit en retenant un accès de rage. La rage! C'est la seule émotion qu'elle ressentait depuis la visite-surprise de René Masson lui annonçant le décès d'Igor. Une rage refrénée, contenue, qui lui laissait dans la bouche un arrière-goût acide. Dire qu'avec le temps elle avait presque oublié qu'au lendemain de ce premier lancement Igor-le-généreux lui en avait fait grassement payer la note. Par une lettre officielle à l'en-tête des Éditions De Pourceaugnac, son éditeur la félicitait d'abord, puis, dans un style ampoulé, lui annonçait: 1) qu'aucune redevance ne lui serait accordée sur les exemplaires de son roman vendus à cette occasion; 2) que tous les livres en question lui avaient été facturés à la moitié du prix habituel; et 3) que tous les profits de ces ventes ayant été appliqués à la note du Ritz-Carlton, il ne lui restait plus que la modique somme de mille deux cent cinquante dollars à rembourser! Toujours magnanime, Igor de Pourceaugnac ajoutait qu'il se ferait un plaisir de reporter cette dette à la prochaine reddition des comptes, soit un an plus tard, en calculant, bien sûr, les intérêts courus.

Même après dix ans, Anaïs Blain se révoltait toujours en repensant aux lourds sacrifices qu'elle avait dû s'imposer pour honorer cette énorme dette. Rouge de colère, elle serrait les dents et tentait de se défouler en tapant à coups de poing sur son oreiller.

— Belle dinde! Dire que je croyais que c'était *normal* et que tous les éditeurs agissaient ainsi!

Anaïs n'a réalisé que beaucoup plus tard à quel point elle avait été victime, dès le début, des manigances d'Igor de Pourceaugnac, qui avait longtemps réussi à l'endormir en lui racontant la belle histoire d'une romancière à succès dont les conseils judicieux devenaient de plus en plus précieux pour son pauvre éditeur menacé de toutes parts par des compétiteurs jaloux. Anaïs tressaillait encore en se rappelant le regard piteux d'Igor de Pourceaugnac, les soirs de spleen, quand il s'épanchait sur son épaule en lui murmurant qu'il avait besoin d'elle.

— Maudit que j'étais conne !

Avec le lancement du deuxième roman, les choses allaient se précipiter. Marquise et Igor venaient à peine de divorcer que Ruth Lanteigne décidait de le plaquer à son tour, en le forçant à régler ses comptes.

— Pauvre Igor !

Anaïs, émue, se surprenait encore à le plaindre. Elle qui aurait voulu avoir le courage de savourer sa vengeance jusqu'au bout, voilà qu'elle devenait compatissante en se rappelant qu'Igor de Pourceaugnac avait éclaté en sanglots quand elle l'avait recueilli chez elle après sa rupture avec la femme-panthère qui l'avait rejeté comme une vieille chaussette en le laissant plus bas que terre. L'éditeur déchu parlait alors de faire faillite et craignait de se retrouver sur la paille si personne autour de lui n'acceptait de l'aider. Convaincue de sa sincérité, Anaïs s'était empressée de le rassurer. Elle l'écoutait, le plaignait, le consolait. La tête posée sur les genoux de sa confidente, Igor de Pourceaugnac se laissait caresser les cheveux comme un tout petit garçon déçu d'avoir été trahi.

Avec le recul, Anaïs Blain était bien obligée de s'avouer qu'elle s'était sentie forte quand le géant terrassé l'avait humblement suppliée de l'aider. Un peu missionnaire dans l'âme, elle s'était alors juré de protéger son éditeur au péril même de sa carrière. Assurant pour un temps la direction des opérations, elle avait usé de diplomatie et réussi à convaincre tous les employés de la maison de la bonne foi de leur patron qui prétendait avoir été victime des «coups de cochon» de Ruth Lanteigne.

En repensant à cette époque, Anaïs éprouvait la désagréable sensation d'avoir été bernée par celui-là même qu'elle désirait sauver. Complice à son insu, elle avait joué son jeu et s'était retrouvée, sans le savoir, au beau milieu d'une inexplicable faillite. En l'espace d'une seule nuit, ses livres et ceux de plusieurs autres auteurs avaient été camouflés par un faux mur devant lequel Igor de Pourceaugnac, aidé de son fidèle «Père Ovide», avait empilé des caisses de bière et répandu de la poussière dans le but de détourner l'attention des huissiers.

Évidemment, Igor-le-romantique avait négligé de noter tous ces détails *insignifiants* dans son superbe cahier mauve. Mais comment Anaïs Blain pourrait-elle lui lancer la pierre, elle qui avait volontairement créé un trou dans sa mémoire? Avec le temps, elle avait presque réussi à oublier que, par souci d'économie, tous les employés, sans exception, avaient alors été mis au chômage… et que tous, sans exception, avaient accepté de revenir travailler au noir pour aider ce cher monsieur de Pourceaugnac à se sortir du trou. En imaginant Igor enterré jusqu'au cou, comme une taupe, Anaïs se disait que c'est à ce moment-là qu'elle aurait dû l'écraser et le piétiner à coups de botte jusqu'à ce que sa tête éclate!

Pour tenter d'effacer cette image terrifiante, Anaïs s'est levée et s'est approchée de la fenêtre. La nuit sans lune tirait à sa fin et, par le jeu des portes closes, la maison se trouvait plongée dans un silence effrayant. Éclairés seulement par une veilleuse accrochée à la tête du lit, tous les objets de la chambre prenaient dans la pénombre des proportions monstrueuses. Chaque craquement devenait un bruit, chaque coup de vent se faisait lugubre. Et voilà que subitement, sans trop savoir pourquoi, recroquevillée dans un coin, Anaïs avait peur !

De son côté, Ginette Corbeil n'arrivait pas à dormir non plus. Emmitouflée sous une montagne de couvertures, elle claquait des dents et tremblait de froid comme cela lui arrivait chaque nuit depuis qu'elle avait fait la macabre découverte. Le spectre d'Igor de Pourceaugnac la poursuivait et la crainte qu'il lui apparaisse la pétrifiait. Incapable de se raisonner, elle restait ainsi prostrée durant des heures, espérant l'aube et sa clarté comme une ultime délivrance. Pourtant, la présence d'Anaïs Blain dans la pièce à côté aurait plutôt dû la rassurer. Au contraire, cette proximité l'angoissait. Pire, la seule pensée que cette presque étrangère ait spontanément accepté de lui offrir l'hospitalité la rendait méfiante. Dans la pénombre, tout ce qui l'entourait lui paraissait macabre et louche. Même Anaïs devenait suspecte. Sans cesse, depuis la nuit maudite, Ginette Corbeil essayait de remonter le temps en espérant chaque fois rejouer le film assez vite pour rattraper quelques secondes et peut-être, qui sait? arriver à temps… Mais à temps pour quoi? Pour voir Igor s'écraser sur le balcon? Pour recueillir son dernier souffle? Ou pour avoir la chance d'identifier une silhouette? Soudain Ginette s'est mise à paniquer en pensant qu'elle aurait pu rencontrer l'assassin… à moins que ce ne soit *une* assassin?

Fatigué de s'étirer, le jour se levait enfin, éclairant du même coup le salon et la chambre où, cloîtrées dans un silence artificiel, deux peureuses aux aguets attendaient impatiemment que l'autre se réveille.

13

Quand Anaïs s'était enfin décidée à sortir de sa chambre, Ginette Corbeil avait déjà filé en douce, sans même prendre le temps de replier les couvertures. Un peu surprise, mais pas du tout fâchée de se retrouver seule, Anaïs s'est laissée choir de tout son poids sur le canapé en poussant un soupir libérateur. Tout compte fait, ce départ inattendu la délivrait d'une obligation morale à laquelle elle aurait eu du mal à se soustraire. Elle avait promis à Ginette de lui parler d'Igor et elle aurait tenu promesse, même si elle n'éprouvait aucune envie de dévoiler ses états d'âme, pas plus que de discuter des sentiments d'Igor à son égard. Toute confidence a ses limites et cette démarche, par trop intime, comportait à ses yeux quelque chose d'indiscret. Surtout devant Ginette, qu'elle connaissait à peine, mais qu'elle devinait aussi jalouse que toutes les autres quand il s'agissait de partager les amours du grand homme.

Seule, dans sa maison vide, Anaïs se sentait libre. Elle a rangé les couvertures puis s'est versé un café avant d'aller s'asseoir dans sa berçante en rotin pour décoder en paix les messages secrets dispersés dans le cahier mauve. Au hasard des pages, elle relevait une phrase, une pensée, un détail. Quelquefois, elle retrouvait ses initiales, A.B., joliment entrelacées dans un cœur pour illustrer un petit dessin cochon griffonné à la hâte ou quelques citations tirées de l'un ou l'autre de ses romans. Passant du ton acerbe aux élans romantiques, Igor de Pourceaugnac décrivait Anaïs en des termes qui la faisaient sourire. Très vite, elle s'est aperçue que son éditeur la traitait avec mépris ou avec déférence, selon qu'elle lui rapportait des sous ou qu'elle lui en coûtait.

Soudain, le regard d'Anaïs a été attiré par un nom : Marcel Rousseau, écrit en biais, à l'encre rouge, au beau milieu d'une page vierge. Et, sans aucune explication, le nom de l'écrivain avait été souligné trois fois. Anaïs s'est mise à frissonner. Un à un les souvenirs engourdis se réveillaient et virevoltaient dans sa tête comme autant de papillons en folie.

Anaïs et Marcel se connaissaient depuis toujours. Ils s'estimaient, se respectaient et s'étaient même juré de s'entraider jusqu'à la fin des temps sans, bien sûr, imaginer que cette fin-là serait si proche. Quand Marcel Rousseau avait appris qu'il était séropositif, il s'était mis à l'écriture d'un premier roman : *Le temps des brumes*, une histoire de mer et de goélands d'une beauté à fendre l'âme. À la grande surprise d'Anaïs, le style dépouillé de Marcel révélait un écrivain-né. Sa prose, d'une rare finesse, coulait limpide et forte, comme les personnages étonnants qui naissaient de son imaginaire, imprégnés des odeurs d'embrun qui flottaient dans sa tête.

Hélas! comme le mépris a toujours été de bon ton dans le milieu littéraire, quelques hérons dédaigneux se sont empressés de lever le nez sur le manuscrit de ce nouveau venu, sans même prendre le temps d'en apprécier l'arôme. Les mois filaient. Le virus insolent continuait ses ravages. Et tandis qu'il désespérait que son roman soit un jour édité, Marcel Rousseau combattait les effets de la médication. Ses traitements l'épuisaient. Il maigrissait. Sa peau, déjà fanée, était devenue grise et ses grands yeux, si bleus, s'étaient cernés de noir. Mais pour rassurer ses amis et déjouer la Faucheuse, il arborait sans cesse un sourire rayonnant qui donnait l'impression qu'il allait s'en sortir.

Un soir, alors qu'ils étaient tous les deux attablés dans un restaurant vietnamien de la rue Prince-Arthur, Marcel Rousseau, le néophyte, a posé sa main décharnée sur celle d'Anaïs Blain, l'écrivaine consacrée, en la suppliant humblement de faire ce qu'elle avait toujours refusé de faire : intervenir auprès d'Igor de Pourceaugnac pour l'inciter à lire son manuscrit et à le soumettre ensuite au comité de lecture.

— Je n'en peux plus de patienter, tu comprends !

Marcel fixait Anaïs avec l'air suppliant du condamné à mort qui se livre au pouvoir de l'autre dans l'espoir d'un ultime sursis. Anaïs aurait dû lui dire la vérité, lui avouer que les dés étaient pipés et qu'Igor de Pourceaugnac n'en ferait qu'une bouchée. Elle aurait dû, elle n'a pas pu. Troublée par l'émotion, elle s'était contentée de balbutier timidement :

— Je vais voir ce que je peux faire.

Rassuré, Marcel Rousseau l'avait remerciée en lui baisant la main. Puis il avait redemandé du thé et s'était mis à causer littérature avec cet air de suffisance qu'affichent les écrivains mâles quand ils se retrouvent entre eux. Bien sûr, Anaïs Blain n'était pas un homme, mais pour rester dans ses bonnes grâces, Marcel Rousseau faisait comme si.

Anaïs se recueillait en inclinant un peu la tête pour empêcher que ses larmes glissent de ses yeux et viennent tacher le cahier mauve resté entrouvert sur ses genoux. Elle se souvenait avoir hésité durant deux longs jours avant de prendre un rendez-vous, consciente du sort qu'Igor de Pourceaugnac réservait aux auteurs qui se permettaient d'engager un agent. Pour la première fois de sa carrière, Anaïs Blain se faisait «entremetteuse» et son trac n'avait d'égal que l'assurance qu'elle affichait quand elle s'est présentée au bureau de son éditeur.

— Je vous apporte un petit chef-d'œuvre!

Spontanément, Anaïs Blain avait retrouvé le vouvoiement des premières heures, avec cette pointe de dignité dans la voix qui impose la politesse et le respect.

— J'apprécierais que vous…

— Anaïs, je t'en prie, arrête-moi ça, veux-tu?

— Quoi?

— Tes grands *vous*, ça m'énerve!

— D'accord! Je disais donc que j'apprécierais que *tu* le lises et que tu m'en donnes des nouvelles.

Avec une certaine indolence, Igor de Pourceaugnac s'était emparé du manuscrit et l'avait déposé négligemment sur tous les autres qui s'empilaient sur le plancher. Ensuite il s'était levé, avait contourné le fauteuil d'Anaïs et s'était accroupi dans son dos.

— C'est pour m'apporter «ça» que tu t'es faite aussi belle?

Anaïs sourit en repensant au chapeau qu'elle avait tout spécialement choisi pour l'occasion : un feutre noir, à bord mou, qui retombait sur l'œil et lui donnait un petit air vamp.

— *Ça*, comme tu dis, c'est le plus beau roman qu'il m'ait été donné de lire depuis longtemps. Celui qui l'a écrit…

Igor, distrait, n'écoutait plus. La tête penchée par-dessus l'épaule d'Anaïs, il lorgnait dans son décolleté et se fichait des talents d'écrivain de Marcel Rousseau comme des boutons de sa première culotte.

Anaïs Blain éprouvait encore un certain malaise en se remémorant les derniers mois qui avaient précédé la parution du roman *Le temps des brumes*. Elle se rappelait les discussions acerbes entre Marcel Rousseau et Gertrude Corriveau, la *puriste*, toujours prête à sacrifier une idée au profit d'une virgule. Et comme elle n'avait pas la permission d'intervenir, Anaïs se contentait de réparer les pots cassés en consolant son ami Marcel après chaque rencontre avec la correctrice.

Toujours aussi naïve, Julie Poitras jouait son rôle d'attachée de presse avec un réel enthousiasme. Elle recevait les ordres d'Igor de Pourceaugnac, les contrordres de Ruth Lanteigne, et faisait de son mieux pour obtenir ce qu'elle pouvait, c'est-à-dire quelques miettes, tandis que

Marcel Rousseau s'exerçait à devenir un grand romancier en *visualisant* la jaquette de son roman dans la vitrine de toutes les librairies. Pauvre Marcel! Anaïs l'avait pourtant prévenu, mais rien n'est plus boursouflé qu'un ego d'écrivain. Il se voyait déjà au faîte de la gloire, adulé par les petits, jalousé par les grands. Dans sa tête, rien ne lui résistait : les revues, les journaux, la télévision… Et quand Igor de Pourceaugnac lui avait servi laconiquement sa sempiternelle phrase creuse : «Je souhaite que votre roman obtienne tout le succès qu'il mérite», Marcel Rousseau lui avait serré la main en se sentant béni des dieux.

En fouillant dans sa bibliothèque, Anaïs a fini par retrouver le précieux exemplaire du roman *Le temps des brumes* que son ami Marcel avait dédicacé exprès pour elle : «À Anaïs, ma fée-marraine…» Une fée-marraine qui se sentait terriblement impuissante face au silence injustifié des critiques. Le roman de Marcel Rousseau n'était peut-être pas le «roman du siècle», mais Anaïs a toujours été convaincue que s'il avait été publié chez un autre éditeur, roman du siècle ou pas, on l'aurait encensé.

Malgré tout, quelques lecteurs curieux s'étaient laissés tenter par le résumé flagorneur pondu à toute vapeur par Ruth Lanteigne. Mieux, certains avaient osé écrire. Et Marcel, tout heureux, avait reçu ces témoignages d'appréciation avec d'autant plus d'émotion qu'ils lui arrivaient comme un cadeau. La maladie progressait, mais l'écrivain la défaisait et continuait de travailler sans répit. Déjà il entreprenait l'écriture d'un deuxième roman et repoussait l'inéluctable avec l'acharnement de celui qui croit que la vie lui accordera le temps de terminer son œuvre.

À la merci de ses souvenirs, Anaïs Blain se sentait triste. Elle aurait préféré ne jamais se rappeler cette rencontre impromptue avec Igor de Pourceaugnac qui devait assener le coup de grâce à Marcel et briser pour toujours les quelques illusions qu'il pouvait lui rester.

Ce jour-là, un lundi, si sa mémoire est bonne, Anaïs devait se rendre aux Éditions De Pourceaugnac afin de régler certains détails concernant sa présence au salon du livre de Québec. Et comme Marcel Rousseau déjeunait chez elle, elle lui avait gentiment proposé de l'accompagner. Deux écrivains qui se rendent ensemble à leur maison d'édition, quelle belle image! Quel fantasme pour tous ceux-là qui rêvent d'être un jour édités!

Quand ils sont entrés, Muriel Sigouin parlait au téléphone en barbouillant des graffitis. Par souci de bien paraître et de conserver son emploi, la réceptionniste était toujours très occupée quand des visiteurs se présentaient à son poste.

— Igor est là?

— Il est à l'entrepôt.

Muriel lui a répondu sans interrompre sa conversation téléphonique, puis elle a fait signe à Anaïs d'entrer directement dans le bureau d'Igor. Honoré du privilège, Marcel Rousseau s'emballait d'avance à l'idée que son éditeur allait peut-être lui proposer d'accompagner Anaïs Blain au salon du livre de Québec.

— Crois-tu vraiment que j'ai des chances?

— Je ne sais pas, peut-être.

— J'aimerais ça, nous pourrions voyager ensemble!

Naïvement, Marcel Rousseau s'y voyait déjà, entouré d'une foule de lecteurs qui se mouraient d'envie de le voir de plus proche. Devant un tel enthousiasme, Anaïs n'avait pas eu le courage de lui avouer que, la plupart du temps, le pauvre écrivain se retrouvait tout fin seul, caché derrière une douzaine d'exemplaires de son roman, et qu'il devait faire semblant de lire ou de prendre des notes pour ne pas se sentir humilié par le regard indifférent des visiteurs distraits qui passaient devant sa table sans remarquer son livre.

— Anaïs est-elle arrivée?

Le ton autoritaire d'Igor de Pourceaugnac réussissait toujours à faire sursauter Muriel Sigouin qui s'efforçait pourtant de lui parler d'une voix douce.

— Si, monsieur, elle est arrivée; elle vous attend dans votre bureau.

— C'est parfait!

— Oh! j'oubliais, monsieur Rousseau est avec elle.

— Marcel Rousseau?

— Oui, monsieur.

— Tu as permis à ce *pestiféré* d'aller s'asseoir dans mon bureau?

— Il était avec Anaïs Blain, alors j'ai pensé…

— C'est ça, ton problème, ma poupée, tu penses trop!

— Mais, monsieur..

— Je ne te paye pas pour penser mais pour les em-pêcher de passer!

— Même Anaïs Blain ?

En constatant que Muriel Sigouin soutenait son regard avec une certaine insistance, Igor de Pourceaugnac avait fait volte-face pour venir s'appuyer sur le bord de la console.

— Écoute-moi bien, mon petit bébé : un écrivain, c'est comme une jument, quand t'as une *winner* qui gagne la course, t'empoche le foin puis tu lui refiles un peu d'avoine… mais tu ne bourres pas toute l'écurie !

Anaïs, par malheur, avait tout entendu et elle guettait l'arrivée d'Igor avec un peu d'appréhension. Visiblement de mauvais poil, l'éditeur était entré en trombe dans la pièce sans même tenir compte de la présence de Marcel Rousseau qui avait eu la maladresse de l'aborder avant même qu'il ne soit assis.

— Monsieur de Pourceaugnac, j'ai quelque chose à vous demander.

— C'est à quel sujet ?

— Je voulais vous parler de quelque chose d'important.

— Si c'est pour une avance, je vous préviens que ce n'est pas une politique de la maison d'en consentir aux nouveaux auteurs ; aux anciens non plus, d'ailleurs… sauf exception !

— Non, non, rassurez-vous, ce n'est pas pour une avance.

— Alors, de quoi s'agit-il ?

— Du salon du livre de Québec. J'avais pensé que…

— Tut! Tut! Tut! Votre roman est paru depuis plus de trois mois; vous n'allez tout de même pas vous imaginer que nous allons assumer une dépense pareille pour un roman qui n'a même pas fait les best-sellers.

— Pas encore, mais ça va venir!

— Ha! Ha! Ha!… Ça va venir!… Ha! Ha! Ha!… Pauvre con!

Igor de Pourceaugnac ricanait sèchement tandis que Marcel Rousseau, surpris, en restait pantois, complètement éberlué, lui qui scrutait encore le palmarès de tous les journaux dans l'espoir insensé d'y trouver son titre.

— Cela me ferait peut-être une bonne publicité…

— Arrêtez, Rousseau, vous allez me faire mourir!

— Surtout que ça ne vous coûterait pas cher, juste un petit montant pour mes repas; j'irais coucher chez des copains, à Sainte-Foy… et puis, je pourrais voyager avec Anaïs!

— Faut pas vous imaginer que vous pouvez tout vous permettre parce que vous connaissez Anaïs Blain. D'ailleurs, comptez-vous chanceux car, sans son intervention, jamais votre roman n'aurait été publié.

Incapable d'en supporter davantage, Anaïs s'était levée pour faire écran devant Marcel. Ses yeux perçants lançaient des éclairs de colère vers l'éditeur qui restait froid mais ne crânait plus.

— Tu as raison, Igor! Le roman de Marcel Rousseau n'aurait jamais été publié parce que toi et ton comité de lecture bidon ne l'auriez jamais lu! Pas plus que vous ne lisez tous les autres manuscrits que vous retournez au bout d'un mois, accompagnés d'une lettre aimable, sans même les avoir feuilletés !

Sans cesser de fixer Igor, Anaïs Blain avait ramassé son sac, puis elle s'était retournée vers son protégé.

— Viens-t'en, Marcel, partons !

Deux ans plus tard, Marcel Rousseau mourait, vaincu par le sida, sans jamais avoir reçu la moindre redevance. Quelques jours plus tard, Igor de Pourceaugnac écrivait au conjoint de Marcel pour l'aviser que, suite au décès de son auteur, le roman *Le temps des brumes* serait désormais offert à un prix de solde, évidemment exempt de droits. Et comme pour le narguer, Igor avait joint à cette lettre un chèque ridicule fait à l'ordre de «feu Marcel Rousseau», sachant fort bien que personne ne pourrait l'encaisser.

14

— Aimerais-tu que je te fasse des crêpes ?

— Non merci, je n'ai pas faim.

— Marie, ma chérie, force-toi, mange un peu !

— Puisque je te dis que je n'ai pas faim !

Les deux coudes appuyés sur la table, Marie Masson se tenait la tête à deux mains, les yeux rivés sur un horizon lointain s'étendant bien au-delà des grands sapins couverts de neige qu'on pouvait apercevoir par la fenêtre. Assis en face d'elle, René l'observait en se demandant pourquoi, depuis la mort d'Igor de Pourceaugnac, sa douce Marie avait subitement perdu cinq kilos. Déjà d'une pâleur de cire, elle était devenue livide et triste, incapable de retrouver ce sourire engageant qui la rendait irrésistible. Mélancolique, languissante, elle passait ses longues journées en chemise de nuit, enfermée dans sa chambre, à écouter de la musique tzigane, celle-là même qu'Igor leur imposait quand il les invitait dans son chalet des Laurentides.

— As-tu des projets pour aujourd'hui? Tu devrais sortir. Regarde, dehors, comme il fait beau!

René Masson a ouvert plus grand le store vénitien pour laisser pénétrer davantage de lumière dans cette cuisine, pourtant coquette, qui lui paraissait soudain d'une tristesse épouvantable.

— Veux-tu venir avec moi? J'ai beaucoup de travail à faire, tu pourrais m'aider. Après nous pourrions dîner ensemble; ce serait plaisant, hein? Qu'est-ce que tu en dis?

— Laisse-moi tranquille.

— Marie, je t'en prie, secoue-toi un peu. Va te faire coiffer, maquille-toi, je suis certain que ça te ferait du bien.

— Fous-moi la paix!

— Tant pis, j'aurai tout essayé.

Résigné, René Masson a rajusté sa cravate, enfilé son manteau, puis il est revenu vers Marie en lui parlant avec sa voix la plus douce.

— Si jamais tu changes d'idée, tu n'auras qu'à m'appeler.

— Je ne changerai pas d'idée.

— Comme tu voudras. Repose-toi bien… Je t'aime!

En l'embrassant, René a perçu un mouvement de raideur dans le corps de Marie. Une réticence inhabituelle, une froideur troublante qu'il n'arrivait pas à s'expliquer. Comme sable qui file entre les doigts, la femme adorée lui échappait. Marie s'éloignait. Marie s'en allait. Avait-il un rival? Avait-elle une aventure? Peut-être bien! Peut-être pas! René était inquiet. Il s'interrogeait. Marie lui cachait quelque chose, mais quoi?

— Bonne journée, ma chérie, je te rappellerai vers dix heures!

— C'est ça.

— À plus tard.

— N'oublie pas de verrouiller la porte.

En entendant la clé tourner dans la serrure, Marie s'est écroulée sur la table en pleurant. Bourrée de remords, elle s'en voulait d'avoir menti à René. Si elle lui avait avoué tout de suite la vérité, son mari aurait sans doute compris et certainement tout pardonné, mais à présent...

À présent, pour tout lui raconter, Marie devrait partir du commencement et remonter à ce matin d'octobre où Igor de Pourceaugnac s'était présenté chez elle, en prétextant lui apporter un nouveau manuscrit. Ce n'était pas la première fois que l'éditeur lui demandait ce genre de service mais, ce jour-là, Igor avait un air mystérieux. Détail inusité, il était accompagné de Roger Duquette, son comptable, et d'un notaire qu'elle ne connaissait pas.

— Marie, j'ai quelque chose d'important à te demander, mais j'aimerais que tout cela reste entre nous.

Pour justifier ce silence, Igor de Pourceaugnac prétendait réserver une surprise à René. Comment Marie, si docile, si naïve, aurait-elle pu flairer l'intrigue, la petite complicité dégueulasse qui enlise la proie à son insu dans les sables mouvants des mensonges à la carte? L'homme étant un loup pour l'homme, au fur et à mesure des besoins, il invente et nage dans une eau boueuse jusqu'à ce qu'un remous l'emprisonne sournoisement, l'arrache à ses amarres et l'aspire vers le fond.

— Tiens, Marie, lis ça.

Marie Masson s'attendait à recevoir le fameux manuscrit. Or, à son grand étonnement, le cartable que Roger Duquette venait de lui remettre ne contenait qu'une seule page.

— Igor, qu'est-ce que cela veut dire ?

— Attends, mon notaire va tout t'expliquer.

Sans se faire prier, maître Soulard avait pris les choses en main, mais le pauvre homme parlait si vite que Marie avait du mal à le suivre. En gros, le notaire lui proposait de prêter son nom à Igor de Pourceaugnac pour faciliter une transaction à laquelle elle ne comprenait pas grand-chose.

— Tiens, Marie, prends mon stylo.

Avant même qu'elle n'ait eu le temps de se retourner, Igor de Pourceaugnac lui tendait déjà son stylo en or. Marie n'avait qu'à signer et, moyennant un déboursé *symbolique* de cinq mille dollars, la majorité des parts des Éditions De Pourceaugnac allaient être immédiatement transmises à son nom.

— Ne t'inquiète pas, ma petite Marie, c'est une simple question d'évasion fiscale.

En contrepartie, le notaire aurait dû exiger que Marie signe une contre-lettre annulant cette entente et rétrocédant à l'éditeur le droit exclusif de disposer de ces parts. Mais comme il craignait d'effaroucher sa proie, Igor de Pourceaugnac avait fait signe à son notaire d'attendre.

— Laissez, maître, Marie est mon amie et je lui fais confiance.

— N'empêche que j'aurais préféré en parler à René. Cinq mille dollars, pour nous autres, c'est beaucoup!

— Ma chère Marie, crois-moi, il serait inutile que notre nouveau directeur littéraire soit mis au courant de cette affaire.

— Directeur littéraire? Igor, tu as bien dit *directeur littéraire*?

— Oui! Et je compte lui annoncer la nouvelle aussitôt que nous aurons entériné cette entente.

Marie Masson était si heureuse qu'elle n'en voyait plus clair. Alors elle a signé. Quoi exactement? Elle n'en savait trop rien. Elle pensait à René, au bonheur de René et à la joie qu'il éprouverait en recevant cette promotion qu'il lui devrait sans le savoir. Marie se disait qu'au fond elle n'avait rien à perdre : le comptable était une vieille connaissance, le notaire avait l'air honnête et Igor de Pourceaugnac offrait des garanties. De plus, ces titres n'étaient mis temporairement au nom de Marie que pour embrouiller les pistes aux yeux du fisc.

— Maudits impôts, tu sais ce que c'est!

Quant au montant de cinq mille dollars que Marie devait débourser pour légaliser cette transaction, Igor lui assurait que ce n'était qu'un prêt qui lui serait remboursé à court terme.

— Tu comprends, Igor, je ne voudrais pas que mon mari s'aperçoive que j'ai pigé dans mon compte de réserve!

— T'inquiète pas, promis, juré, tu seras payée rubis sur l'ongle le jour où nous célébrerons la nomination de ton mari!

Au jour dit, alors que le nouveau directeur littéraire s'affairait à serrer des mains, Igor de Pourceaugnac s'était fait un devoir de venir accueillir Marie en lui murmurant à l'oreille qu'elle était «belle à faire bander»! Amusée, l'intéressée en avait profité pour lui rappeler, non sans une pointe d'humour, que la belle n'était pas bête et qu'elle espérait récupérer bientôt la somme considérable qu'elle lui avait prêtée. Sans cesser de sourire, Igor avait saisi Marie par le bras et l'avait entraînée dans son bureau en donnant l'impression qu'il jouait à lui faire la cour. Or, une fois la porte refermée, l'attitude du galant homme avait complètement changé. Igor s'était mis à insulter Marie, allant même jusqu'à la traiter d'ingrate, en lui rappelant le titre honorifique qu'il venait d'accorder à René.

— Si tu veux que ton mari garde sa job, je te conseille de mettre une croix là-dessus!

Igor était rouge de colère. Ses yeux exorbités fixaient Marie. Il ne criait pas mais parlait entre ses dents en se donnant un air féroce. Marie le trouvait laid. Avec sa bouche crispée, Igor lui rappelait ces démons terrifiants qu'on trouvait autrefois dans le «Grand Catéchisme». C'est juste à ce moment-là que le téléphone avait sonné. Igor avait répondu d'une voix bourrue, puis il avait tendu l'appareil à Marie en lui disant que c'était pour elle. Marie avait saisi le récepteur de la main gauche et, comme sa boucle d'oreille la gênait, elle l'avait enlevée…

Sans attendre une seconde de plus, Marie s'est levée et s'est mise à la recherche de la boucle jumelle. Elle savait où elle l'avait rangée mais n'arrivait pas à la retrouver. Plus Marie fouillait dans son coffre à bijoux, plus elle devenait nerveuse. Sa tension montait. Ses mains tremblaient. En fouillant au fond d'un tiroir tapissé de velours, elle a retrouvé le fameux papier qu'Igor lui avait fait signer, mais pas la boucle. Elle pleurait à chaudes larmes quand la sonnerie du téléphone l'a dérangée.

— Allô!

— Madame Marie Masson?

— C'est moi.

— Je suis le notaire Soulard. Vous souvenez-vous de moi?

— Très bien, oui.

— Je m'occupe de la succession de monsieur Cauchon.

— Monsieur Cauchon?

— Je veux dire monsieur de Pourceaugnac!

— Ah oui?

— J'aimerais vous voir à mon étude.

— Me voir, moi?

— Oui. Pouvez-vous venir à mon étude cet après-midi, à quinze heures?

— Avec mon mari?

— Non, toute seule.

— Toute seule? Pourquoi toute seule? Je ne comprends pas.

— Venez, madame, vous comprendrez!

D'une main tremblante, Marie Masson a griffonné l'adresse du notaire au verso du papier qu'elle tenait à la main, sans soupçonner que, par cette curieuse transaction, elle était devenue légalement la principale actionnaire des Éditions De Pourceaugnac.

15

Il y a longtemps que les éclats de voix de Ruth Lanteigne n'impressionnaient plus personne, mais, cette fois-ci, la colère de la femme-panthère dépassait l'entendement. Bouche tordue, griffes sorties, elle pointait Marie Masson du doigt en la menaçant de lui crever les yeux si elle s'obstinait à faire valoir cette entente bidon qui la réduisait elle, l'éternelle favorite, au rôle subalterne d'actionnaire minoritaire de la maison d'édition qu'elle se vantait d'avoir fondée.

N'eût été le respect qu'il vouait à la mémoire de son ami Igor, Roger Duquette aurait volontiers applaudi. Conscient que Marie Masson venait de remporter la grosse part du gâteau, il se réjouissait à l'idée que Ruth Lanteigne ne serait plus jamais l'éminence grise des Éditions De Pourceaugnac. Trop content de rabaisser le caquet de cette extravagante féline, le comptable se faisait une joie d'en rajouter, en certifiant l'authenticité de l'acte notarié que Marie Masson avait signé devant lui, couplé du chèque de cinq mille dollars qu'elle avait remis à Igor de Pourceaugnac en sa présence.

L'étude du notaire Soulard se retrouvait subitement transformée en arène de boxe sophistiquée au plancher recouvert d'une moquette grège et aux murs lambrissés d'acajou. Coincé dans la mêlée, le notaire Soulard épongeait son front chauve et jouait à l'arbitre en faisant de grands signes avec les bras pour apaiser les pugilistes qui, délaissant le confort de leurs fauteuils de cuir, n'arrêtaient pas de se chamailler.

Plus Roger Duquette étalait ses preuves, plus Ruth Lanteigne lui criait des injures. Folle de rage, elle s'en prenait même au notaire qu'elle traitait de petit con, de taré et de minable incompétent, tandis que le pauvre homme, bouleversé, jouait du maillet pour essayer de la faire taire.

— Madame Lanteigne, je vous en prie, un peu de décorum!

— Je vas t'en chier, moi, du décorum! Je me suis fait fourrer à l'os et puis c'est pas toi, avec tes petites couilles molles, qui vas me faire fermer la gueule, O.K.!

Usant d'une vulgarité toute *igorienne*, Ruth Lanteigne fourbissait ses armes et s'apprêtait à donner le grand coup, quand Marie Masson s'est dressée devant elle.

— Tu peux toujours crier, tu ne me fais plus peur!

Surprise, la femme-panthère s'est figée sur place tandis que Roger Duquette se rapprochait de Marie pour lui chuchoter à l'oreille une proposition alléchante qu'elle ne pourrait pas refuser. En gros, le fidèle *Père Ovide*, rompu à l'école de son maître, lui proposait de racheter ses parts en lui remettant les cinq mille dollars qu'elle

154

avait déjà déboursés, avec la promesse formelle de ne jamais en souffler mot à René. Marie a fait semblant de réfléchir durant quelques secondes, puis elle a relevé fièrement la tête et s'est retournée en souriant vers Ruth Lanteigne.

— Quand j'ai signé ces papiers-là, je ne comprenais pas exactement ce que je faisais, mais j'étais de bonne foi. Ce n'est donc pas ma faute si Igor de Pourceaugnac a négligé de me faire signer une contre-lettre. Il me demandait cinq mille dollars, je les ai payés. Que ça te plaise ou non, cette entente est légale et j'irai jusqu'au bout pour la faire respecter !

Sur ce point, le notaire Soulard était formel : même si les dés avaient été pipés, cette transaction n'en demeurait pas moins légale et faisait de Marie Masson l'actionnaire majoritaire des Éditions De Pourceaugnac. Ruth Lanteigne n'avait donc pas fini de trépigner. Elle qui avait acquis successivement toutes les maisons d'Igor se voyait lésée de la part du gâteau qu'elle convoitait le plus : la maison d'édition !

— Et maintenant, si vous me le permettez, je vais poursuivre la lecture du testament.

La femme de Roger Duquette héritait du bateau et du condo luxueux qu'Igor possédait en Guadeloupe, tandis que le comptable, rusé, non content d'avoir empoché en catimini les bijoux et l'argent liquide, héritait par défaut des obligations d'épargne qu'Igor de Pourceaugnac avait transférées à son nom. Pour ce couple qui rêvait depuis toujours d'une retraite ensoleillée, ce gros lot inespéré tombait directement du ciel.

— Quant au chalet des Laurentides, il avait été cédé autrefois, pour la modique somme de un dollar, à madame Gertrude Corriveau.

En entendant le notaire Soulard prononcer son nom, la *fidèle collaboratrice* a d'abord cru à une mauvaise blague. Après toutes ces années, elle avait complètement oublié qu'un matin de novembre, une semaine ou deux avant de faire faillite, Igor de Pourceaugnac l'avait invitée, pour ne pas dire forcée, à signer devant notaire quelques papiers, soi-disant insignifiants, visant à le prémunir d'une saisie possible. Le dollar? Elle ne se rappelait même plus l'avoir effectivement remis à Igor, qui lui avait signé un reçu officiel que le notaire Soulard s'était empressé de classer précieusement dans le dossier secret de son client pour parer à toute réclamation ultérieure de la part de l'intéressée.

— Madame Corriveau…

— Mademoiselle!

— Pardon! Mademoiselle Corriveau, vous souvenez-vous avoir signé une contre-lettre au moment de cette transaction?

— Non. Je me souviens que monsieur de Pourceaugnac avait parlé de m'en faire signer une, mais il ne l'a jamais fait. Il avait peur des créanciers, vous comprenez.

— Dans ce cas, ce chalet est à vous!

Complètement abasourdie, Gertrude Corriveau devenait de ce fait la seule et unique propriétaire non pas d'un chalet délabré caché au fin fond des Laurentides, mais d'un coin de paradis, situé au bord d'un lac, et des terres avoisinantes qui léchaient le flanc de la montagne et s'étendaient à perte de vue.

Volontairement, Igor de Pourceaugnac n'avait rien laissé à sa mère, puisqu'il avait choisi de l'enterrer vivante, non plus qu'à Ginette Corbeil, qu'il appréciait, certes, à ses heures, mais qui le dégoûtait aussi, parce que, avec ses paillettes noires et ses gants mauves phosphorescents, elle réveillait chez lui des instincts pernicieux, pas du tout «littéraires».

Côté littérature, l'éditeur trop gourmand n'avait rien prévu dans son testament qui puisse dédommager, ne serait-ce que symboliquement, les écrivains mal payés qui lui avaient permis d'accumuler une telle fortune. Son mépris pour les auteurs, Igor de Pourceaugnac l'avait emporté dans la tombe, et tous les siècles de purgatoire ne suffiront jamais à l'en débarrasser.

Durant tout ce temps, Marquise Favreau observait la scène sans trop comprendre pourquoi maître Soulard avait tellement insisté pour qu'elle participe à cette rencontre. Lasse et dégoûtée, elle s'apprêtait à partir quand le notaire l'a interpellée.

— Madame Favreau, je vous en prie, attendez! J'ai encore quelque chose à vous lire.

Le notaire a fait demi-tour puis il a tiré de son cartable une longue enveloppe blanche sur laquelle était inscrit un nom : Marie-Olga Favreau, au-dessus du nom de Ruth Lanteigne, volontairement biffé par un gros trait de crayon noir.

— Nous allons maintenant procéder à l'ouverture de cette enveloppe qui contient la partie la plus importante de cet héritage, soit une assurance-vie dont la valeur actuelle s'élève à un million deux cent vingt-huit mille dollars.

— Un million deux cent vingt-huit mille dollars!

Énervée, presque hystérique, Ruth Lanteigne ne pouvait plus contenir sa joie. Elle riait si fort que le notaire Soulard n'arrivait pas à terminer sa phrase. Alors il a attendu patiemment qu'elle se taise avant d'ajouter, d'une voix morne :

— Pour des raisons personnelles, monsieur de Pourceaugnac avait récemment remplacé le nom de son héritière «révocable» par celui de mademoiselle Marie-Olga Favreau, désignée le 12 septembre dernier, jour de son dixième anniversaire, seule et unique bénéficiaire «irrévocable» de cette police d'assurance. À la demande de monsieur de Pourceaugnac, cette somme m'a été confiée en fidéicommis et j'en deviens personnellement responsable jusqu'à ce que cette jeune fille ait atteint sa majorité.

Du coup, deux femmes ont failli s'évanouir. Ruth Lanteigne s'est mise à délirer en répétant «Maudit chien sale! Maudit chien sale!» tandis que Marquise Favreau, complètement sonnée, disparaissait dans un trou noir sans fond. Incapable de parler, incapable même de réfléchir, elle s'est levée, s'est dirigée vers la porte à pas lents et s'en est allée sans même que le notaire Soulard s'en aperçoive. Et pour cause! Impliqué malgré lui dans la bagarre, il n'avait pas assez de ses deux jambes et de ses deux bras pour se protéger des assauts de Ruth Lanteigne qui le mordait, le griffait et le rouait de coups de pied, sans lui donner la chance de riposter. Le pauvre notaire hoquetait. Il était à bout de souffle. La main tendue, il quémandait de l'aide mais personne n'osait intervenir. Personne. Pas même Roger Duquette qui, jouant les héros d'opérette, tentait de repérer la sortie à reculons en faisant signe à sa femme de le suivre, tandis que Marie Masson se faufilait pour quitter la place en même temps qu'eux.

Ne restait plus que la fidèle Gertrude. Recroquevillée dans un coin, elle se faisait discrète et ramassait le peu de courage dont la nature l'avait pourvue. Adepte de la visualisation, elle tentait de se remémorer un film d'action dans lequel une héroïne vêtue de cuir brisait ses chaînes et sautait dans la bataille.

— Lâche-le ! As-tu compris, lâche-le !

Gertrude Corriveau avait crié si fort que l'écho de sa propre voix l'avait effrayée. C'était la première fois qu'elle s'en prenait à Ruth Lanteigne. Elle n'était pas de taille, elle le savait, mais, la fatigue aidant, la femme-panthère lui paraissait plus vulnérable.

— Va-t'en !

L'index rigide comme un couteau, Gertrude lui indiquait la porte avec dans le regard une lueur d'acier qui ne souffrait aucune riposte. À la fois rouge de honte et de colère, Ruth Lanteigne a rapidement quitté la pièce en jetant un regard méprisant vers Gertrude qui savourait déjà humblement sa victoire.

— Vous avez été merveilleuse !

Après s'être assuré que Ruth était vraiment partie, le notaire Soulard s'est précipité, bras tendus, vers Gertrude en l'appelant affectueusement «mon sauveur». Il la serrait si fort que la pauvre fille, peu habituée aux élans de tendresse, se raidissait tant qu'elle pouvait.

— Êtes-vous libre ce soir?

— C'est que... je ne sais pas... je...

Soudain Gertrude Corriveau s'est mise à bégayer. Elle venait de se rappeler que, dans son film, l'héroïne sautait sur le bellâtre qu'elle venait de sauver pour l'embrasser à pleine bouche tant que durait le générique. Son film à elle allait-il donc finir bêtement par le mot «fin» sur un fond noir? Pourtant, le notaire Soulard insistait.

— Allez, venez, nous irons souper ensemble!

— Je... je ne sais pas si je devrais.

— Pourquoi?

— Je ne sais pas.

— À cause d'Igor?

— Peut-être, oui, ça ne me paraît pas très convenable.

— Mais si, au contraire, puisque nous parlerons de lui.

Quand le notaire Soulard a posé son bras autour de son épaule, Gertrude Corriveau a prié pour que cet instant béni ne finisse jamais.

— Vous aimez la campagne?

— La campagne? Oh non, pas du tout! Moi, comme on dit, je suis une fille de la ville!

— Alors, qu'allez-vous faire de votre héritage?

— Je ne sais pas encore, je vais voir.

Ils sont sortis ensemble. Dehors il faisait doux. Pas le printemps mais presque, un peu comme si l'hiver voulait se faire pardonner.

— Vous n'avez pas froid?

— Non, merci, ça va!

Familièrement, le notaire Soulard lui a pris la main. Ils se sont engagés côte à côte dans une allée sinueuse qui traversait un joli parc éclairé par des lampadaires anciens. Ils marchaient en silence. Gertrude se sentait bien. Le notaire bavardait. Elle lui faisait confiance.

— Dites-moi, ma chère Gertrude, vous ne rêvez jamais d'aller vous perdre dans la nature?

— Moi? Jamais! Quand le soir descend je voudrais mourir. Et puis, la nuit, j'aurais trop peur qu'un loup vienne rôder devant ma porte.

— Moi, j'ai toujours rêvé de finir mes jours à la campagne, les pieds dans l'eau, la tête sur la montagne…

Le notaire Soulard parlait soudain avec des trémolos dans la voix. La rondeur de la lune le rendait romantique. Il penchait délicatement la tête pour appuyer sa joue contre le chapeau de laine de Gertrude qui, par principe, ne se «découvre pas d'un fil avant la fin du mois d'avril»!

— Écoutez, je ne sais trop comment aborder le sujet, mais si jamais vous vouliez le vendre…

— Quoi donc?

— Votre héritage.

— Mon héritage?

— Oui, si jamais vous vouliez le vendre… je dis bien «si jamais»… je connais quelqu'un qui serait peut-être intéressé.

— Ah oui? Qui donc?

— Moi!

— Vous?

— Oui! J'y ai bien réfléchi et je serais prêt à vous donner, je ne sais pas, moi, disons… vingt mille dollars?

— Êtes-vous fou? Je ne peux pas vous demander une somme pareille pour un petit bout de campagne qui ne m'a coûté qu'un dollar!

— Vous n'êtes jamais allée au chalet d'Igor de Pourceaugnac?

— Jamais. Je viens de vous le dire, j'ai peur à la campagne.

— Je vois!

Ils se sont regardés tous les deux en souriant, puis ils ont poursuivi leur promenade en silence. Gertrude réfléchissait. Le notaire l'observait. Patient, diplomate, il attendait son heure en se pourléchant les babines comme un matou repu. Au bout d'un long moment, elle s'est retournée vers lui.

— Si je vous demandais dix mille, trouveriez-vous que c'est trop?

— Dix mille? Non, non, pas du tout, cela me paraît raisonnable.

— Vous comprenez, j'ai quelques dettes… et puis je voudrais m'acheter un nouveau manteau.

— Je comprends.

— Mais si c'est trop…

— Pas du tout, c'est parfait ! Et quand pourrions-nous conclure cette affaire ?

— Le plus vite possible, afin que je puisse profiter des soldes.

— Voulez-vous que nous retournions à mon bureau après souper ?

— Ce soir ?

— Pourquoi pas, si cela vous convient…

— C'est que, ce soir je voulais me coucher de bonne heure.

— Oh ! vous verrez, ce ne sera pas long, le temps d'une signature ou deux, c'est tout. Nous n'allons pas nous embarrasser de paperasse inutile entre nous. Et puis, pour éviter de perdre du temps, je vais vous payer comptant, cela vous permettra d'aller dévaliser les magasins dès demain !

— Vous êtes trop gentil.

— Gertrude, vous êtes une femme adorable !

Sensible aux compliments, Gertrude était rose de bonheur. Soudain elle se sentait riche. Riche et presque aimée par un homme qui la regardait avec des yeux brûlants de désir. Alors, oubliant pour un temps qu'elle portait le deuil d'Igor de Pourceaugnac, elle s'est laissé embrasser, caresser, puis habilement enfirouaper.

16

Même si elle appréhendait un peu sa première réaction, Marie Masson se réjouissait d'avance de la surprise énorme qu'elle réservait à René. D'abord, elle en était sûre, il allait refuser de la croire. Honnête jusqu'à l'absurde, il se pourrait même qu'il ne veuille rien entendre et tente de la convaincre de remettre ses parts à Ruth Lanteigne. Mais, heureusement, Marie se sentait assez forte pour répondre avec calme à toutes ses objections.

En se regardant dans la glace, Marie pensait cyniquement que cette situation absurde ne provoquait en somme qu'un juste retour des choses. Bien coiffée, maquillée, elle semblait enfin avoir retrouvé son sourire. Vêtue d'une robe à fleurs semblable à celle qu'elle portait le jour de leurs fiançailles, elle attendait son mari avec la même frénésie qu'une jeune épousée amoureuse d'un marin.

Ce soir, Marie le pressentait, les confidences les plus pénibles se verraient facilement accueillies et les remords tardifs perdraient leur importance puisque la femme fautive redeviendrait soumise et céderait de bon cœur ses parts à son mari. Prise à son propre jeu, Marie imaginait déjà avec quelle émotion René la prendrait dans ses bras, avec quelle tendresse il l'embrasserait et combien il l'aimerait pour ce geste insensé posé à son insu.

Encore nerveuse mais presque heureuse, Marie fredonnait en fignolant la décoration du gâteau aux pêches qu'elle avait tout spécialement préparé pour René. Le rôti de veau était à point, les patates brunes déjà cuites et la salade fatiguée n'attendait que la vinaigrette.

Après avoir vérifié certains détails, Marie est sortie de la cuisine en jetant pour la centième fois un coup d'œil à l'horloge : il était presque dix-huit heures et, dans quelques minutes, son mari allait rentrer. Subitement, le cœur de Marie s'est mis à palpiter. Elle se sentait si fébrile qu'elle a décidé d'aller s'allonger sur son lit, en prenant soin d'enlever sa robe pour ne pas la froisser. Quand Marie a rouvert les yeux, il était minuit passé…

17

En quittant l'étude de maître Soulard, Ruth Lanteigne s'est précipitée aux Éditions De Pourceaugnac avec la rage au cœur. Bousculant Muriel Sigouin, elle est entrée sans frapper dans l'ancien bureau d'Igor, maintenant occupé par René Masson, en affichant un faux air triomphant.

— J'arrive de chez le notaire !

D'un geste brusque, elle a lancé son sac à main sur la moquette puis elle s'est laissée choir dans le fauteuil capitonné où elle venait s'asseoir autrefois, face à Igor, pour lui livrer ses états d'âme.

— Sois gentil, mon petit René, sers-moi un cognac... un double !

N'osant poser aucune question, les désirs de Ruth Lanteigne étant des ordres, René Masson s'est dirigé vers le bar improvisé qu'Igor de Pourceaugnac avait aménagé derrière une pile de livres. Instinctivement, il se méfiait.

Et tout en débouchant la bouteille, il essayait de deviner le jeu de cette femme intrigante dont le regard félin le transperçait de part en part. Trop silencieuse à son goût, Ruth l'observait avec un petit air cynique qui le rendait fou d'inquiétude. Mine de rien, il lui a tendu son verre et, sachant qu'elle y reviendrait, il a laissé la bouteille de cognac sur le coin de son bureau.

— Et alors, comment ça s'est passé?

— Demande-le à ta femme!

Ruth triomphait et un œil averti aurait pu facilement déceler un peu d'écume aux coins de ses lèvres, mais René, trop surpris, s'est empressé de s'inquiéter.

— Qu'est-ce que Marie vient faire là-dedans?

Au lieu de répondre, Ruth Lanteigne s'est mise à rire, à rire si fort que, sur le coup, René a cru qu'elle devenait folle. Et quand elle a eu l'audace de s'allumer un petit cigare en faisant fi de l'avis qu'il avait placé bien en évidence, il a compris que la femme-panthère venait de livrer une dure bataille. Avait-elle vraiment remporté la victoire? Ça, René n'aurait pu le dire, car il la savait assez forte pour crâner et bluffer dans de telles circonstances.

— C'est ta femme qui a tout pris!

— Qui a pris quoi?

— Qui a pris quoi? Non mais, quelle candeur, quelle innocence! Voyons, René, ouvre-toi les yeux!

Elle le défiait du regard avec un air hautain en insinuant des choses qu'il n'arrivait pas à deviner. René se sentait piégé. Les morceaux du puzzle se plaçaient et se déplaçaient à une vitesse vertigineuse. Il se rappelait la douleur qui se lisait dans les beaux yeux de Marie lorsqu'elle avait appris la mort d'Igor de Pourceaugnac. Il la revoyait forte et courageuse, prête à lutter à ses côtés, puis triste et mélancolique, jusqu'à ce qu'elle sombre subitement dans cette étrange morosité.

— Ruth, explique-toi, je t'en prie, je ne sais pas de quoi tu parles!

— Le sergent Mayrand t'a-t-il montré une boucle d'oreille?

— Oui!

— Elle était à Marie, n'est-ce pas?

— Elle en avait de semblables… mais ça ne prouve rien!

— Cela prouve tout, au contraire, puisque les policiers l'ont retrouvée par terre, tout près du lit d'Igor!

N'importe qui aurait pu voir que Ruth Lanteigne mentait. N'importe qui, à part René, qui se mordait les lèvres sans dire un mot. Il s'en voulait d'avoir fouillé dans le tiroir de Marie, d'avoir pris la boucle d'oreille qui restait dans l'écrin, puis de l'avoir jetée dans un sac à ordures en constatant qu'elle était en tout point pareille à celle que le sergent Mayrand lui avait montrée la veille. Peut-être aurait-il mieux fait de reconnaître ce bijou. Peut-être aurait-il dû avouer qu'il appartenait à Marie?

— Elle était sa maîtresse, c'est clair!

— Tais-toi, tu ne sais pas de quoi tu parles!

— Ah! je ne sais pas de quoi je parle? Tu crois? Et la maison d'édition dont elle vient d'hériter, Igor la lui a léguée pour ses beaux yeux peut-être?

— Assez, tu dis n'importe quoi!

— Ta femme vient de te faire la plus belle passe de toute ta vie et tu oses m'accuser de dire n'importe quoi?

— Voyons, c'est ridicule, Marie m'en aurait parlé!

— Et sa boucle d'oreille? Elle t'a parlé de sa boucle d'oreille?

— Non mais…

— Et l'argent? Tu étais au courant pour l'argent?

— Quel argent?

— Tu vois bien que tu ne sais pas tout. Marie, ta Marie, avait prêté beaucoup d'argent à Igor.

— Marie prêter de l'argent à Igor? Non, mais, tu veux rire?

— Si tu ne me crois pas, vérifie ses comptes!

René Masson faisait les cent pas nerveusement devant la femme-panthère dont les ongles vernis frôlaient la démesure. Il se sentait tout à coup désarmé, sans défense, à la merci d'une bête féroce prête à lui lacérer le corps et l'âme à coups de griffes.

— Non seulement il la baisait, mais il l'extorquait. Et toi, pauvre couillon, tu ne voyais rien! Pourquoi t'a-t-il confié sa maison d'édition? Pourquoi t'a-t-il nommé directeur littéraire? Cocu roulé, cocu content! Chaque fois que ta femme se laissait baiser, toi, pauvre con, tu recevais la palme. Igor te gratifiait pour mieux te cocufier!

Consciente de l'effet qu'elle venait de produire, Ruth s'est servi un second verre de cognac sans cesser d'observer René qui, depuis tout à l'heure, s'était mis à trembler. Pris de panique, il éprouvait du mal à contrôler sa main qui se dirigeait irrésistiblement vers la bouteille. Quand il l'a saisie, Ruth Lanteigne s'est mise à ricaner. Il a d'abord humé le bouchon pour s'imprégner de l'arôme, puis il a porté le goulot à sa bouche en fermant les yeux pour mieux sentir la brûlure de l'alcool lui enflammer la gorge. Ruth l'observait. Elle jubilait. Quand René a repris son souffle, la bouteille de cognac était presque vide. Incapable de rester debout, il a contourné son bureau en titubant avant d'aller s'écraser de tout son poids dans l'ancien fauteuil d'Igor. L'air hagard, les yeux vitreux, il regardait par la fenêtre en hochant la tête, sans s'occuper des larmes qui coulaient sur ses joues en contournant ses rides.

18

Anaïs Blain n'arrivait pas à en croire ses yeux. L'individu qui était allongé devant sa porte ressemblait aussi peu à son ami René qu'un itinérant en haillons.

— Mon pauvre vieux, qu'est-ce qui t'arrive ?

— J'ai…

Complètement affolé, René Masson la regardait avec des yeux hagards, nervurés de sang. Il avait le hoquet et par moment sa respiration devenait si bruyante qu'Anaïs, bouleversée, n'arrivait plus à comprendre ce qu'il tentait de lui dire.

— Allez, entre, viens t'asseoir !

Incapable de marcher, René se faisait mou et s'agrippait à la robe d'Anaïs comme un enfant malade qui s'accroche à sa mère. Trop menue pour vraiment le supporter, elle le traînait à bout de bras plus qu'elle ne le transportait. Jamais, depuis qu'elle le connaissait, Anaïs Blain n'avait vu René dans un état pareil. Échevelé, sans cravate, il avait des traces de vomi sur sa chemise et empestait l'alcool à plein nez.

— J'ai…

— Chut! Je t'en prie, ne parle pas, repose-toi!

Étendu sur le carrelage de la cuisine, René Masson se débattait et bougeait sans arrêt tandis qu'Anaïs tentait de le calmer en lui parlant tout doucement avec une tendresse extrême. Agenouillée à ses côtés, elle épongeait son front brûlant dans un geste d'une intimité inespérée que René Masson aurait sans doute appréciée, n'eût été l'état lamentable dans lequel il se trouvait.

— Ça va mieux?

— Marie m'a trompé!

À ces mots, Anaïs a sursauté, incapable de réprimer un mouvement de surprise qu'elle regrettait déjà. À travers ses sanglots, René Masson délirait. Il répétait : «Marie m'a trompé! Marie m'a trompé!» d'une voix affaiblie, presque inaudible. Tout en essayant de ne rien laisser paraître, Anaïs Blain s'interrogeait. Se pouvait-il que ce soit vrai? Que Marie ait vraiment trompé René? Nul doute qu'il venait de se passer quelque chose de grave, de très grave; on ne brise pas dix-sept années de sobriété pour rien.

Le café fort et l'amitié d'Anaïs aidant, René Masson se dégrisait peu à peu. Il paraissait maintenant plus lucide, plus calme, mais son discours ne changeait pas. Il répétait : «Marie m'a trompé!» avec de plus en plus de conviction. Anaïs lui a pris la main.

— Pourquoi, René? Pourquoi dis-tu que Marie t'a trompé?

— Elle était la maîtresse d'Igor!

Foudroyée par cette révélation aberrante qui, à son avis, était plutôt loufoque, Anaïs a tout de suite flairé la manigance.

— Qui te l'a dit?

— Toi aussi, tu le savais?

— Mais non, voyons, c'est ridicule!

— Ridicule ou pas, c'est vrai : Marie était la maîtresse d'Igor!

— Allons donc, c'est impossible! Qui a bien pu te dire une chose pareille?

Buté, René Masson se taisait. Et comme Anaïs le regardait fixement, il a baissé un peu la tête en marmonnant.

— Je le sais, c'est tout!

C'était exactement le genre de réponse qui avait le don de rendre Anaïs furieuse. Elle a saisi son ami par les épaules et l'a secoué comme un sac de plumes.

— René Masson, ne joue pas ce petit jeu-là avec moi, veux-tu? Qui t'a dit que Marie était la maîtresse d'Igor? Allez, réponds-moi, je veux un nom!

— C'est Ruth.

— Je l'aurais parié!

— Et ce n'est pas tout, Marie lui prêtait de l'argent!

— À qui?

— À Igor!

— Voyons donc, René, c'est absurde!

— Non, non, c'est vrai, je te le jure! D'ailleurs, Marie ne l'a pas nié. Même qu'elle paraissait assez contente de me l'avouer.

— De t'avouer quoi?

— Qu'elle avait prêté cinq mille dollars à Igor!

— Voyons, René, de quoi tu parles?

— Non content de coucher avec ma femme, Igor de Pourceaugnac lui extorquait de l'argent!

— Mais de qui cette chère Ruth tenait-elle tous ces renseignements privilégiés?

— Elle arrivait de chez le notaire… Marie avait tout raflé!

— Tout raflé quoi?

— Elle a hérité de la maison d'édition!

À l'entendre s'exprimer en mots saccadés, Anaïs en arrivait à croire que son ami René fabulait ou, pire encore, qu'il avait été la malheureuse victime d'une petite vengeance à la Ruth Lanteigne. Mais pourquoi Ruth s'en serait-elle prise à Marie?

— René, calme-toi, je t'en prie, et raconte-moi ce qui s'est passé.

— Je ne m'en souviens plus!

— Allons, fais un effort. D'abord, à quelle heure es-tu rentré?

— Je ne le sais pas!

En arrivant à la maison, René Masson a claqué la porte comme il le faisait autrefois quand il s'enivrait tous les soirs et qu'il rentrait chez lui en s'enfargeant dans le paillasson. En l'entendant gueuler, Marie n'a pas eu besoin qu'on lui fasse un dessin. Elle s'est avancée vers son mari avec précaution et, comme René paraissait mal en point, elle a voulu le rassurer en lui disant qu'elle avait une bonne nouvelle à lui annoncer. René s'est approché. Les papiers du notaire étaient là, à côté de son assiette, joliment décorés d'un petit ruban rose assorti au bouquet qui fleurissait la table. Du Marie tout craché, qui embellissait tout, même le bain qu'elle décorait avec des nénuphars en plastique, pareils à ceux qui enjolivaient le rideau de douche.

En la voyant subitement si rieuse, René Masson s'est emporté. Il a crié : «C'était donc vrai?» et Marie a dit oui, sans trop savoir à quelle question elle répondait. Alors il a vu rouge. Il l'a poussée par terre et s'est jeté sur elle en la frappant de toutes ses forces. Il la traitait de menteuse, de putain, d'hypocrite. Marie tentait de se protéger en mettant ses deux bras devant sa figure, mais René les repoussait et la frappait avec rage. Meurtrie, couverte d'ecchymoses, la pauvre femme était à bout de souffle. Elle haletait. Dans un ultime effort, elle a poussé un long soupir, puis elle a perdu conscience. Épouvanté, René a lâché prise et s'est enfui en courant sans verrouiller la porte.

— Tu as vraiment battu Marie?

— Oui! Peut-être même que je l'ai tuée!

En constatant combien René avait l'air sincère, Anaïs a décidé de téléphoner chez Marie pour vérifier, pour se rassurer. Au premier coup, elle espérait une réponse… au troisième, elle a commencé sérieusement à s'inquiéter… et au sixième, n'y tenant plus, elle a alerté la police…

Anaïs avait à peine eu le temps de raccrocher quand deux policiers se sont présentés chez elle.

— C'est vous qui avez fait un appel d'urgence?

— C'est exact.

— On peut entrer?

— Je vous en prie!

Les deux agents ont suivi Anaïs jusque dans la cuisine où René se tenait à l'écart, en évitant de faire du bruit.

— Madame, savez-vous où se cache monsieur René Masson?

— Je ne me cache pas, je suis là!

René a tenté de s'avancer, mais ses jambes trop molles refusaient de le porter. Alors il s'est agenouillé en se cachant honteusement la figure avec les mains.

— Vous êtes bien le mari de madame Marie Masson?

— Oui.

— Quand les policiers sont arrivés chez vous, ils ont trouvé votre femme sur le plancher de la cuisine; elle était évanouie…

— Dieu soit loué! Elle n'est pas morte!

— Non, mais il s'en est fallu de peu!

— Pauvre Marie! C'est moi qui l'ai battue! Je ne sais pas ce qui m'a pris, monsieur l'agent, j'étais ivre!

— Vous savez bien que ce n'est pas une excuse.

Tandis qu'il lui passait les menottes, le policier observait René avec un regard dont la sévérité faisait contraste avec la compassion qui se lisait dans le faible sourire d'Anaïs.

— Et maintenant, veuillez nous suivre.

Se sentant terriblement coupable, René Masson n'a opposé aucune résistance. Et c'est à peine s'il regardait Anaïs qui avait obtenu la permission de l'escorter jusqu'à la porte. Avant de sortir, René s'est retourné une dernière fois vers elle.

— Prends bien soin de Marie.

— Tu peux compter sur moi.

Anaïs pleurait en le voyant partir, soutenu par les policiers. Sensible à son chagrin, le plus âgé des deux lui a souri et Anaïs lui a rendu son sourire comme pour essayer de l'amadouer.

— Vous savez, monsieur, René n'est pas un méchant homme.

— Notre boulot serait tellement plus facile s'ils étaient tous de méchants hommes !

19

— **M**adame Anaïs Blain ?

— C'est moi.

— Sergent Mayrand de la brigade criminelle.

C'était la première fois qu'Anaïs recevait la visite de cet homme dont tout le monde lui avait parlé en des termes qui variaient entre agaçant, intimidant et imposant. Mais personne ne lui avait mentionné à quel point il était séduisant.

— Madame Blain, j'aimerais vous poser quelques questions.

— Mais je vous en prie, monsieur, entrez !

Presque familièrement, ils se sont installés dans la cuisine et Anaïs a préparé du café.

— Vous avez une vue magnifique !

— Oui, j'aime beaucoup cet appartement !

— Vous êtes romancière, n'est-ce pas?

— C'est exact.

— On m'a dit que vous étiez une écrivaine célèbre; pardonnez-moi, mais je ne vous connaissais pas. Vous comprenez, je lis très peu de romans.

Redoutant sa réponse, Anaïs lui a quand même tendu une perche.

— Et votre femme?

— Je ne suis pas marié.

— Ah bon! Excusez-moi, comme vous portez une alliance, j'avais cru...

— C'est le jonc de mon père, il me l'a légué en mourant.

La cuisine embaumait le café frais moulu. Et comme il faisait très chaud à proximité du radiateur, le sergent Mayrand avait retiré son manteau et s'était installé juste en face de la fenêtre de manière à voir la rue qui s'animait à l'heure du dîner. Anaïs se sentait bien en présence de cet homme. Avec ses cheveux grisonnants et sa barbe, il lui rappelait beaucoup un copain qu'elle avait adoré autrefois...

— Dites-moi, vous connaissiez bien Igor de Pourceaugnac?

— Assez bien, oui, il était mon éditeur.

— Depuis longtemps?

— Une dizaine d'années.

— Madame Blain, vous n'êtes pas sans savoir que monsieur de Pourceaugnac avait en sa possession un de vos manuscrits.

— Parfaitement, c'est moi qui le lui avais remis le jour même de sa mort.

— On m'a dit que ce manuscrit n'était pas très flatteur envers monsieur de Pourceaugnac…

— C'est possible.

— Pourquoi?

— Parce que je n'avais aucune raison de le ménager.

Le sergent Mayrand a chaussé ses lunettes et troqué son allure romantique pour un air plus sérieux. Il soupirait en consultant son carnet de notes.

— Madame Blain, quel genre de relation entreteniez-vous avec monsieur de Pourceaugnac?

— Strictement une relation d'affaires.

— Pourtant, certains auteurs m'ont dit qu'il existait un froid entre vous deux.

— Les écrivains disent tellement de choses!

— Madame Blain, où étiez-vous le soir du crime?

— Ici, devant mon ordinateur, je bûchais sur mon épilogue.

— D'après certains témoins, une dispute aurait éclaté entre vous et monsieur de Pourceaugnac, ce matin-là. Est-ce exact?

— En effet, nous nous étions disputés.

— Cela vous arrivait souvent?

— De nous disputer? Presque tout le temps. Particulièrement depuis que je lui avais annoncé que je voulais le quitter.

— Le quitter?

— Oui, je désirais être publiée par une autre maison d'édition.

— Et il n'était pas d'accord?

— Monsieur de Pourceaugnac aimait beaucoup garder la mainmise sur ses auteurs, surtout ceux qui lui rapportaient de l'argent!

— Si je vous comprends bien, il vous tenait sous sa férule.

— Je ne vous le fais pas dire!

— Est-ce que vous aviez peur de lui?

— Peur? Non! Mais je me méfiais de ses manigances. Igor était un homme mielleux, ratoureux, visqueux...

— Et qui, d'après vous, aurait pu avoir une bonne raison de le tuer?

— Tous ceux qui, de près ou de loin, l'ont côtoyé durant les dix dernières années.

Le sergent Mayrand a retiré ses lunettes pour regarder Anaïs tout droit dans le blanc des yeux.

— Et vous?

— Oh! moi, il y a longtemps que je l'avais tué!

Sans insolence ni bravade, Anaïs soutenait le regard du sergent Mayrand, dont les yeux devenaient plus brillants, plus limpides. Au bout d'un moment, il a cligné des cils et s'est retourné vers la fenêtre.

— En passant, nous avons retrouvé l'arme du crime.

Visiblement troublée par cette nouvelle, Anaïs s'est mise à pleurer. Le sergent Mayrand s'est penché vers elle.

— Que se passe-t-il ?

— Je ne sais pas !

— Vous me paraissez fatiguée !

— Épuisée ! Avez-vous d'autres questions, sergent ?

— Pas pour le moment, mais il se pourrait que je revienne.

Une fois le sergent Mayrand parti, Anaïs s'est surprise à ressentir une tristesse infinie. Incapable de lire, incapable d'écrire, mais, par-dessus tout, incapable de supporter le silence, elle s'est vite rabattue sur la télévision, où l'on présentait un reportage traitant des antilopes bubales. Un sujet sans doute passionnant pour certains amateurs d'aventure, mais d'aucun intérêt pour une romancière en mal de vivre qui se foutait éperdument des cornes en lyre de ces mammifères africains.

Des images superbes défilaient devant ses yeux, mais Anaïs, distraite, ne les appréciait pas. Une seule phrase l'obsédait et revenait sans cesse, troublante, compromettante : «En passant, nous avons retrouvé l'arme du crime.» Aussi longtemps que cette pièce manquait, la mort d'Igor de Pourceaugnac demeurait mystérieuse, nébuleuse.

Mais voilà qu'on l'avait finalement retrouvée et qu'il suffirait d'y prélever quelques empreintes pour découvrir l'identité du coupable et disculper du même coup tous les autres suspects qu'on avait injustement soupçonnés.

Anaïs avait froid. Elle s'est levée, s'est emparée d'une couverture et s'y est enroulée, très serrée, comme dans un cocon. Ah! si seulement elle avait pu se réveiller papillon! Tour à tour elle pensait à Marie, à René, et à tous ces écrivains mécontents qui, après s'être ligués contre lui, pleuraient la perte de leur éditeur comme des disciples pleurent un gourou. Igor-le-mercenaire n'étant plus là pour les exploiter, ils se sentaient abandonnés, orphelins, à la merci d'un autre bourreau qui allait le remplacer.

Les plus fonceurs s'étaient révoltés, ils avaient fait beaucoup de tapage, puis étaient finalement rentrés dans le rang, un à un, bien sagement, en ramassant presque à genoux l'aumônière à moitié vide qu'Igor-le-charitable leur avait balancée.

Anaïs a tendu le bras pour s'emparer du cahier mauve qu'elle avait pour un temps délaissé et, d'un geste machinal, elle l'a ouvert n'importe où. Et comme il n'y a pas de hasard, son regard est tombé au beau milieu d'une page sur laquelle Igor avait écrit : «Vendredi, 26 juin… Anaïs veut partir, mais je la tiens!»

Le temps d'un flash, l'écrivaine s'est retrouvée assise à cette terrasse de la rue Saint-Denis où elle avait donné rendez-vous à son éditeur dans l'espoir de discuter en toute bonne foi des conditions d'un bris de contrat qui lui semblait inévitable. Fidèle à ses habitudes, Igor de Pourceaugnac se faisait attendre et Anaïs était sur le point de s'impatienter quand elle l'a vu paraître au bout de la rue.

Il souriait et lui faisait de grands signes, pareil à un amoureux qui accélère le pas pour retrouver sa bien-aimée. Ce midi-là, Igor l'avait embrassée en s'attardant sur la joue gauche un peu plus longtemps que d'habitude, comme Judas avait dû le faire en trahissant Jésus.

— Excuse-moi, ma puce, je suis en retard.

Il s'était assis juste en face d'elle, en reculant sa chaise pour mieux la contempler.

— Sais-tu que tu as des beaux nichons? C'est vrai, tu sais, tout le monde te regarde!

La remarque avait fait son temps et les vieilles rengaines trop répétées pouvaient lasser les plus patientes. Heureusement, Anaïs en avait vu d'autres et le baratin de son éditeur n'arrivait plus à la distraire des questions importantes qu'elle voulait lui poser.

— Igor, m'écoutes-tu?

— Excuse-moi, poupée, je suis distrait; je n'y peux rien, tes seins m'excitent!

Igor était un beau parleur. Anaïs le savait et refusait de s'y laisser prendre. Craignant d'être considérée comme *une occasion prochaine de péché*, elle avait reboutonné le col de sa robe jusqu'au cou puis s'était assise toute droite, la tête haute, les mains pudiquement croisées devant sa poitrine.

— Et maintenant si nous parlions de choses sérieuses?

— Je ne suis jamais sérieux avec les femmes… sauf quand je les baise!

— N'en rajoute pas, veux-tu ?

Voyant que sa tactique n'avait aucune prise, Igor s'était mis à caresser le pourtour de son verre avec le bout de son index en produisant un son strident presque impossible à supporter. Il le faisait visiblement pour importuner Anaïs qui, bien décidée à ne plus se laisser distraire, continuait de lui parler comme si de rien n'était.

— Tu m'as souvent répété que si jamais je n'étais plus heureuse de travailler avec toi, je n'aurais qu'à te le dire.

— Je n'ai jamais retenu personne de force.

— Tant mieux, parce que je veux partir.

— Aussitôt que tu auras respecté ton contrat, je ne te retiendrai plus.

— Qu'est-ce que tu veux dire ?

— Qu'il me faut ton quatrième roman. Après ça, mon minou, tu seras libre et tu pourras tremper ta plume où tu voudras !

Anaïs se sentait coincée. Elle souhaitait une entente à l'amiable et se retrouvait face à un ultimatum. Accepter de publier un quatrième roman la livrait encore une fois à la merci de cet homme qui depuis des années abusait de sa confiance en toute impunité.

— J'espérais que nous arriverions à nous entendre.

— Mais nous nous entendons fort bien, ma poulette, en autant que tu respectes ton contrat !

— C'est pourtant toi qui disais…

— Ce que je dis, je l'oublie ; moi, c'est ce que j'écris qui compte !

Incapable de rétorquer, Anaïs Blain l'aurait volontiers giflé. Il le savait et la défiait du regard. Elle le trouvait pédant, irrespectueux, grossier. Le coude posé sur le bord de la table, le menton appuyé sur ses doigts recourbés, Igor de Pourceaugnac la considérait avec un petit air méprisant.

— Vois-tu, poupée, ton problème, c'est que tu as toujours mêlé les émotions et les affaires !

Anaïs avait pris le temps de réfléchir durant quelques secondes avant de répliquer.

— Tu as raison, mon cher Igor. Dès l'instant où je t'ai rencontré, ton amitié m'est devenue extrêmement importante. L'affection que j'éprouvais pour toi m'aveuglait et m'empêchait de me méfier…

Les mains d'Anaïs tremblaient. Elle s'efforçait de parler tout doucement, sans animosité, sans reproche, comme on murmure des confidences à un vieil ami trop aimé. Puis elle a fièrement relevé la tête en haussant la voix d'un ton.

— Mais la fête est finie ! Vois-tu, j'ai passé de longs mois à faire mon deuil de toi et j'ai appris, comme tu le souhaitais d'ailleurs, à contrôler mes émotions. Maintenant, je t'en prie, regarde-moi bien dans les yeux : à partir d'aujourd'hui, il n'y a plus de *puce*, de *poupée* ni de *poulette* qui tiennent… c'est uniquement la femme d'affaires que tu as devant toi !

Celle-là, Igor de Pourceaugnac ne l'avait pas prévue. Mal préparé à ce qu'on lui tienne tête, il s'était vite retranché derrière des arguments d'ordre juridique pour rappeler à Anaïs Blain qu'aucun de ses contrats ne comportait de date limite et que, par conséquent, les droits qu'il détenait exclusivement sur ses œuvres lui appartenaient totalement et pour toujours.

Prise d'un élan de colère, Anaïs a balancé le cahier mauve sur la télévision où les antilopes bubales continuaient de gambader allégrement. Puis elle s'est calée dans son fauteuil, les yeux fermés, en s'efforçant de se rappeler la voix de son éditeur, de visualiser sa figure, son corps, trait après trait, membre après membre, pour ensuite l'étrangler de ses propres mains en l'écoutant gémir... jusqu'au silence. Sans s'émouvoir, elle imaginait le cadavre d'Igor de Pourceaugnac se consumant lentement, très, très lentement, sur un amas de braises ardentes. Puis, l'arrachant de son cœur à tout jamais, elle a ramassé ses cendres avec ses mains et les a semées aux quatre vents... juste au-dessus d'un dépotoir.

20

Ginette Corbeil n'avait pas encore terminé son numéro quand les policiers se sont présentés au *Crazy Love* pour une petite visite à l'improviste. De la scène, la danseuse ne pouvait pas les voir, mais, contrairement à son habitude, elle avait ralenti le rythme et retenu ses élans, à croire qu'intuitivement elle avait deviné leur présence.

Assis à la place d'Igor, le sergent Mayrand regardait le spectacle en affichant un air blasé qui jurait avec les trépignements et les gémissements des clients. Certains se faisaient sans doute la passe en dessous de la table, mais le policier n'était pas là pour en juger. La présente mission s'avérait plus délicate : il devait interroger Ginette Corbeil sans avoir l'air de l'incriminer. Il réfléchissait et peaufinait encore sa technique quand, avertie par le barman, la danseuse, à peine sortie de scène, est venue directement vers lui.

— Que c'est que tu me veux encore ?

— Prenez le temps d'aller vous rhabiller.

191

— Pas besoin, j'ai un autre show dans une heure!

Ginette s'est assise en face du policier, qui osait à peine la regarder. Vus de près, les seins nus de la danseuse l'intimidaient presque autant que ses gants mauves, qu'elle avait gardé volontairement, comme par pudeur. Les projecteurs de ce bar enfumé dégageaient une chaleur si intense que le sergent Mayrand a senti le besoin de s'éclaircir la voix avant d'aborder le sujet qui le préoccupait.

— Madame Corbeil, j'ai une nouvelle importante à vous annoncer.

— Quoi?

— Nous avons retrouvé l'arme du crime.

Sans s'émouvoir, Ginette a croisé les jambes puis s'est allumé une cigarette. Refusant de se laisser distraire, le sergent Mayrand a poursuivi sur sa lancée.

— Ça ne vous intéresse pas de savoir avec quelle arme votre amant a été assassiné?

— Que c'est que tu veux que ça me fasse?

— Pourtant…

— Un revolver, c'est un revolver!

— Qui vous a dit qu'il s'agissait d'un revolver?

— Je… euh!… je le sais pas, j'ai dit ça comme ça!

Il ne pouvait pas très bien la voir mais, rien qu'au ton de sa voix, le sergent Mayrand a tout de suite deviné que Ginette Corbeil avait pâli. Profitant de la pénombre, il a sorti discrètement une enveloppe de plastique scellée contenant le revolver et l'a déposée sur la table.

— Madame Corbeil, reconnaissez-vous cette arme?

— Non.

— Est-ce qu'elle aurait pu appartenir à la victime?

— Non.

— Vous en êtes sûre?

— Igor avait trois fusils de chasse.

— Selon vous, à qui appartient ce revolver?

— Je le sais-tu, moi?

— Pensez-y un peu?

— Puisque je te dis que je le sais pas!

Quand Ginette a crié, quelques clients se sont retournés. Aussitôt les deux policiers qui faisaient le guet près du bar sont arrivés à la rescousse.

— Tout va bien, sergent?

— Oui, oui, tout va bien.

Rassurés, les deux gardiens ont regagné leur poste. Pour préserver l'intimité de son témoin, le sergent Mayrand a rapproché sa chaise de celle de Ginette.

— Madame Corbeil, si vous ne savez pas à qui appartient cette arme, comment pouvez-vous expliquer qu'on y ait relevé vos empreintes?

— C'est pas vrai! J'ai jamais vu ce revolver-là! J'y ai jamais touché! C'est pas moi qui ai tué Igor! C'est pas moi!

Ginette Corbeil a hurlé si fort que même les danseuses se sont figées sur la scène. Aussitôt les deux policiers se sont approchés et l'ont prise par le bras.

— Touchez-moi pas, maudits chiens ! Lâchez-moi !

Ginette blasphémait et se débattait tandis que le barman faisait signe aux danseuses de continuer leur numéro. Pour ne pas attirer le scandale, le sergent Mayrand s'est levé.

— Habillez-vous, madame, et suivez-nous !

21

— Votre nom, déjà?

— Damasse Rinfrette.

— Vous avez cinquante-quatre ans, c'est bien ça?

— C'est ça.

— Et vous faites quoi dans la vie, monsieur Rinfrette?

— Je suis fermier.

Mis sur la piste par Ginette Corbeil, le sergent Mayrand tournait depuis dix minutes autour de ce petit homme trapu, comme un ours affamé tourne autour d'un pot de miel.

— Monsieur Rinfrette, depuis combien de temps connaissiez-vous Igor de Pourceaugnac?

— Au moins vingt ans! C'est simple, c'est moi qui lui ai appris à chasser!

— Vous le fréquentiez régulièrement?

— On se voyait de temps en temps. Chaque fois que je faisais boucherie, j'avais rien qu'à l'appeler puis j'allais lui livrer sa viande.

Le sergent Mayrand a sorti l'enveloppe de plastique scellée contenant le revolver.

— Monsieur Rinfrette, reconnaissez-vous cette arme?

— Certain, c'est mon revolver! Je l'avais prêté à Igor… parce qu'il voulait se débarrasser d'une mouffette qui rôdait sur son terrain.

— Vous prétendez que monsieur de Pourceaugnac voulait tuer une mouffette avec un revolver?

— C'est ce qu'il m'avait dit!

— Et cette requête ne vous a pas surpris?

— Oh! avec lui, vous savez…

— Dites-moi, où étiez-vous le soir du crime?

— Le matin j'avais fait le train comme d'habitude, puis je suis descendu en ville pour lui livrer un petit veau de lait, que j'avais fait dépecer exprès pour lui.

— Qui ça, lui?

— Mon ami Igor!

— Et le revolver?

— Je l'avais emporté en même temps.

— Pourquoi?

— Parce qu'il me l'avait demandé!

— Vous n'avez rien remarqué de spécial?

— Non, rien, sauf que ça sentait la mouffette à plein nez dans son coin. Même que Ginette… Ginette, c'était la blonde d'Igor…

— Je sais.

— Même que Ginette m'a dit que si son chum la tuait pas, la cristie de mouffette, elle la tuerait elle-même !

— Ce jour-là, monsieur Rinfrette, avez-vous vu monsieur de Pourceaugnac ?

— Non, j'ai vu sa blonde, c'est toute ! Paraît qu'Igor était pogné dans un party ; du moins, c'est ça que Ginette m'a dit !

— Qu'avez-vous fait alors ?

— J'ai sacré le veau dans le congélateur puis je suis parti en laissant le revolver à Ginette.

— Était-il chargé ?

— Êtes-vous fou ? Jamais j'aurais laissé un revolver chargé à une femme !

— Pourquoi ?

— Parce que je les *truste* pas, ces maudites-là !

— Dans ce cas, pouvez-vous me dire où étaient les balles ?

— Ben… euh… je m'en rappelle plus.

— Vous ne vous rappelez plus à quel endroit vous aviez rangé les balles ?

— Non.

— Se pourrait-il qu'elles aient déjà été dans le barillet du revolver ?

— Je m'en souviens pas.

— Vous ne vous en souvenez pas?

— Aye! vous m'énervez, vous, là, avec toutes vos questions! Les balles! Les balles! Puisque je vous dis que je m'en souviens pas!

— Et quelle heure était-il lorsque vous vous êtes présenté chez monsieur de Pourceaugnac?

— Trois heures et quart, trois heures et demie... en tout cas, il n'était pas quatre heures parce que Ginette était encore couchée!

— Et à quelle heure êtes-vous reparti?

— Je m'en rappelle plus.

— Pouvez-vous me dire si vous êtes rentré directement chez vous?

— Je voulais, oui, mais j'ai fait un petit croche par la taverne.

— Y êtes-vous resté longtemps?

— Où ça?

— À la taverne.

— Je pourrais pas dire; il faudrait le demander à ma femme. Elle n'oublie jamais rien, ma femme; c'est pas de sa faute, elle est renoteuse!

— Pouvez-vous me dire si vous avez soupé à la maison?

— Ça doit!

— Ça doit?

— Oui, enfin, je sais pas, je m'en rappelle plus. Je pense que je me suis couché direct en arrivant.

— Étiez-vous ivre ?

— Ça se peut !

Le fermier se tortillait sans arrêt sur sa chaise. Le sergent Mayrand lui a tourné le dos.

— Monsieur Rinfrette, comment avez-vous appris la mort d'Igor de Pourceaugnac ?

— C'est ma femme qui me l'a annoncée, elle avait entendu ça à la radio.

— Avez-vous été surpris ?

— C'est sûr, ça surprend tout le temps.

— Comment avez-vous réagi ?

— Qu'est-ce que vous voulez dire ?

— Qu'avez-vous fait en apprenant la nouvelle ?

— J'ai continué de lire mon journal.

— C'est tout ?

— Ben quoi, j'étais quand même pas pour me mettre à brailler !

— Vous ne ressentiez donc aucun regret, aucun chagrin ?

— Bof ! faut tous mourir un jour ou l'autre !

Les genoux écartés, Damasse Rinfrette tripotait sa casquette en regardant par terre. Ses mains larges et noueuses témoignaient des longues années de dur labeur qui avaient prématurément courbaturé son corps. Abattu sans être triste, cet homme, qui ne dégageait apparemment aucune émotion, semblait considérer la mort de son ami comme un coup du destin. Au surplus, le ton même de sa voix pouvait facilement laisser croire qu'Igor de Pourceaugnac s'était éteint tranquillement, un beau soir, dans son lit.

Le sergent Mayrand a fait quelques pas, puis s'est retourné brusquement.

— Monsieur Rinfrette, quel genre de relation entreteniez-vous avec Ginette Corbeil?

— Pourquoi vous me demandez ça?

— Se pourrait-il que vous ayez eu avec elle des rapports, disons intimes?

Tout en parlant, le sergent Mayrand a rangé le revolver avec précaution, sans cesser d'observer son témoin qui commençait sérieusement à s'énerver. Pour la première fois depuis des heures, une lueur d'angoisse se lisait dans le regard de cet homme jusqu'alors impassible.

— Vous dites n'importe quoi! C'est vrai, bâtard, vous n'avez pas de preuve!

— Vous croyez?

— Voyons donc, Ginette Corbeil, c'est une danseuse! Pensez-vous que j'aurais trompé ma femme avec une danseuse?

— Je ne sais pas, je vous le demande.

— Si je dis oui, allez-vous m'arrêter?

Coincé de toutes parts, Damasse Rinfrette devenait de plus en plus nerveux.

— Vous n'avez pas le droit de m'arrêter! C'est pas moi qui voulais, c'est elle! Elle m'a forcé à l'embrasser, puis à faire des affaires que moi je voulais pas faire pantoute. C'est une vraie vicieuse, cette femme-là, monsieur! Une vraie vicieuse!

En voyant qu'il était sur la défensive, le sergent Mayrand l'a pris de front.

— Monsieur Rinfrette, qu'avez-vous fait le soir du crime?

— Moi? Mais j'ai rien fait, moi! J'ai rien fait, c'est vrai, je vous le jure!

— Inutile de jurer, ce n'est pas le moment!

— Aye, vous allez pas raconter ça à ma femme, vous, là, hein? Maudite marde! Si ma femme apprend ça, je suis pas mieux que mort!

Jugeant que le fruit était mûr, le sergent Mayrand a rassemblé calmement ses affaires, puis il a quitté la pièce en laissant ses confrères prendre la relève.

22

Assise sur le bord de son lit qui n'est toujours chaud qu'à moitié, Marquise Favreau verse sur ses pieds une goutte de crème rafraîchissante puis la fait pénétrer lentement, avec application, en pensant qu'en son temps Rodin devait polir ainsi ses douces sculptures de marbre. Perdue dans ses pensées, Marquise prend plaisir à prolonger le geste et masse délicatement ses jambes endolories. Sur une chaise, au pied du lit, son uniforme empesé lui rappelle discrètement que son travail l'attend.

Marquise s'habille devant la glace. Déguisée en femme de chambre, elle a du mal à reconnaître la petite fille blonde et bouclée que son père avait baptisée Marquise pour ajouter un zeste de noblesse à sa paternité. Marquise Favreau : femme de chambre! Elle sourit à son miroir et pense «pourvu que ça dure!» en nouant les cordons de son tablier. Depuis que le gérant de l'*Hôtel des Arcades* a congédié plusieurs de ses copines sous prétexte de rajeunir l'image, Marquise se sent vieillir à une vitesse vertigineuse. À trente-sept ans, elle guette déjà ses premières rides et panique à l'idée d'un nouveau cheveu blanc.

Marquise consulte sa montre puis accélère le pas. Les matins où la vie la bouscule, elle renonce à regret au petit-déjeuner dans le hamac. Les jours pairs, Marquise commence son travail à six heures, ce qui, en hiver, l'oblige à quitter la maison alors qu'il fait encore nuit.

Indifférente aux soucis de sa mère, Marie-Olga dort paisiblement dans sa chambre aux rideaux tirés, comme une enfant *normale*. Et, comme une mère normale, Marquise la regarde dormir avec admiration. Elle le fait cependant en refoulant ses larmes. Pourquoi Igor lui a-t-il fait ça? En pensant à Igor, Marquise sent son corps se glacer jusqu'aux os. Elle voudrait le renier, le rejeter, lui crier sa hargne et lui balancer son argent, son maudit argent, par la tête. Marie-Olga n'avait pas besoin de cet héritage. Elle était bien, elle était heureuse et grandissait simplement, comme toutes les fillettes de son âge, sans se soucier des frasques de son père qu'elle ne voyait pas, qu'elle ne connaissait pas… ou si peu.

Soudain, à travers ses larmes, Marquise entrevoit son futur comme dans une boule de cristal. Abracadabra! Abracadabra! Dans huit ans, le jour même de sa majorité, Marie-Olga, sa fille unique, se retrouvera subitement plus que millionnaire. Doit-elle lui apprendre tout de suite la vérité? Doit-elle la lui cacher? Lui dire : «Un jour, ma chérie, tu seras riche»? Ou attendre le moment propice pour le lui annoncer? Et si quelqu'un allait la devancer? Si une personne charitable, Ruth Lanteigne, par exemple, devait par une indiscrétion quelconque apprendre à Marie-Olga l'existence de cet héritage? Troublée par cette idée, Marquise ferme les yeux pour que la boule de cristal disparaisse.

Au fond, ce n'est pas tant l'avenir lointain de son enfant qui la préoccupe que son présent au quotidien.

Bouleversée, Marquise s'attarde encore quelques instants au pied du lit de sa fille, puis quitte la chambre à reculons pour éviter de la réveiller. Pourvu qu'elle entende le réveille-matin, pourvu qu'elle mange convenablement, pourvu surtout qu'elle soit prudente! Prudente! Subitement, Marquise se surprend à craindre pour la sécurité de sa petite millionnaire; une anxiété nouvelle qui va la dévorer jusqu'à la fin de sa vie.

Marquise arrive à l'*Hôtel des Arcades* sur les chapeaux de roues. En passant, elle croise le gérant qui la reçoit avec un air bourru. Premier commandement de la parfaite femme de chambre : toujours conserver son sourire!

— Bonjour, monsieur!

Le gérant grogne un peu mais ne la dispute pas. Elle vérifie le contenu de son chariot, compte les draps, les serviettes et même les débarbouillettes, car, depuis qu'on l'a injustement accusée d'en avoir volé trois, elle ne risque plus de s'y laisser prendre. Dans un va-et-vient énervant, toutes les domestiques trimballent leurs chariots en même temps. Certaines se ruent vers les toilettes, d'autres vers les chambres. Avant de se lancer dans la cohue, Marquise s'arrête un instant pour regarder défiler les autres filles : belles, alertes, rapides et *jeunes*! Marquise constate avec effroi que la plupart sont plus jeunes qu'elle; encore une ou deux mises à pied et elle serait doyenne.

Non sans une pointe de nostalgie, Marquise se rappelle avoir accepté cet emploi peu de temps avant le départ d'Igor, juste pour lui prouver qu'elle était bonne à quelque chose. En lui montrant son tablier, le premier soir, elle espérait le voir blêmir de honte ou rougir de colère. Hélas! contre toute attente, Igor de Pourceaugnac n'avait pas réagi. Impassible, il s'était contenté de la toiser avec cette tendresse froide qu'affichent certains maris sitôt qu'ils ont cessé d'aimer.

Marquise avait à peine rangé trois chambres quand le gérant est venu lui annoncer qu'une femme l'attendait dans le hall de l'hôtel.

— Qui est-ce ?

— Je ne sais pas.

— Qu'est-ce qu'elle me veut ?

— Elle prétend que c'est personnel.

Le sang de Marquise n'a fait qu'un tour. Craignant qu'il ne soit arrivé quelque chose à Marie-Olga, elle s'est précipité dans l'escalier de service sans même prendre le temps d'enlever le bonnet de papier qui recouvrait ses cheveux pour les protéger de la poussière. Pour éviter que Marquise n'acquière la mauvaise habitude de recevoir des visiteurs, le gérant la suivait en courant en lui rappelant le règlement numéro 12 qui défend à tous les employés de recevoir des appels ou de régler leurs problèmes personnels durant les heures de travail.

— Si jamais ça recommence, je vais être obligé de sévir. Avez-vous compris ?

— Mais oui, j'ai compris, fichez-moi la paix !

Marquise n'aurait pas dû lui répondre, mais l'attitude de ce jeune prétentieux l'énervait. Il la regardait encore avec des yeux remplis de colère quand il s'est engouffré dans l'ascenseur.

— Bonjour, Marquise !

De loin, Marquise ne l'a reconnaissait pas, mais, à mesure qu'elle s'approchait, le profil de la vieille dame lui devenait plus familier.

— Olga, quelle bonne surprise! Comment saviez-vous que j'étais là?

— J'ai osé téléphoner chez vous et la petite… c'est bien elle qui m'a répondu, n'est-ce pas?

— Sans doute, oui!

— Elle est mignonne! Et elle a une jolie voix! Elle m'a dit que vous n'étiez pas à la maison, mais que je pourrais vous trouver ici. Au lieu de téléphoner, j'ai préféré prendre un taxi…

— Prendre un taxi?

— Oui, il fallait absolument que je vous parle!

— Écoutez, ici, c'est difficile… Venez!

En dépit du règlement, Marquise a pris la décision d'inviter Olga à l'accompagner sur l'étage sans se soucier des conséquences.

— Ce que j'ai à vous dire est très sérieux, Marquise. Sinon, vous pensez bien que je n'aurais jamais osé vous relancer jusqu'ici.

— Olga, je vous en prie, parlez plus bas; je ne voudrais pas qu'on nous entende.

Olga a baissé le ton et les deux femmes se sont réfugiées à l'abri du chariot, en regardant constamment autour d'elles pour ne pas se faire surprendre. Mais c'était compter sans la ruse du gérant qui jouait à la cachette derrière une pile de linge et n'attendait que le moment propice pour surgir devant Marquise en la pointant du doigt.

— Aye! crisse! c'est pas le temps de prendre un *break*, toutes les filles sont dans le *rush*!

Le gérant, qui se montrait pointilleux quant à la qualité du français qu'il parlait avec la clientèle, le devenait beaucoup moins lorsqu'il s'adressait à des subalternes. Sachant que, par pure vengeance, cet homme pouvait la congédier, Marquise a commencé à se sentir nerveuse.

— Excusez-moi, Olga, mais il faut absolument que je continue de faire mon ouvrage.

— Quand est-ce que je pourrais vous parler?

— Ce soir, êtes-vous libre?

— Tout à fait!

— Dans ce cas, venez donc souper à la maison; vous pourrez rencontrer la petite!

— Rencontrer la petite? Vous voulez vraiment que je rencontre la petite?

— Pourquoi pas? Attendez, je vous donne mon adresse... voilà!

— Merci!

— Nous vous attendrons vers cinq heures.

— Oh! ça, vous pouvez être certaine que j'y serai!

Sourire aux lèvres, Olga s'est dirigée lentement vers l'ascenseur, en se retournant plusieurs fois pour saluer

Marquise qui la regardait s'éloigner en regrettant déjà toutes ces années perdues.

— Cou'donc, Marquise, as-tu fini de te pogner le cul?

Habituée à ce genre d'injures, Marquise a toisé le gérant en haussant les épaules, puis elle s'est enfermée dans une chambre sans oser répliquer.

23

Déjà, par la fenêtre du salon légèrement entrouverte, Anaïs pouvait entendre la *Valse minute* de Chopin, joyeusement massacrée par Marie qui s'imposait chaque matin quelques heures de piano pour assouplir sa main gauche restée partiellement ankylosée à la suite des coups de pied que René lui avait assenés. Comme prévu, la porte d'entrée n'était pas verrouillée…

— Anaïs, c'est toi ?

— Oui, oui, c'est moi !

— Entre, vite, je t'attendais !

— Surtout ne bouge pas, ma chérie, reste assise !

À part quelques ecchymoses jaunâtres qui cernaient l'œil de Marie et lui teintaient la joue, il ne restait presque aucune trace visible de l'épouvantable colère qui avait poussé René à se ruer sur elle. Le corps a la mémoire courte, ce sont les bleus de l'âme qui persistent et s'incrustent.

— Tu vas mieux à ce que je vois !

— Beaucoup mieux !

Et tandis qu'Anaïs rangeait son manteau, Marie reprenait quelques mesures, juste pour lui prouver qu'elle avait fait quelques progrès.

— Ma main s'assouplit de jour en jour !

— C'est merveilleux !

— Le médecin m'a assurée que, d'ici un mois, je pourrais la bouger normalement… C'est mon René qui va être content !

Par-delà son sourire, Anaïs croyait lire un peu de nostalgie dans le regard de Marie. Une Marie décharnée, fatiguée, qui soupirait en secouant la tête comme pour chasser des idées noires.

— Excuse-moi, Anaïs, mais chaque fois que je pense à René, c'est plus fort que moi, je me sens triste.

— As-tu eu de ses nouvelles ?

— Il vient me voir tous les jours et il pleure… Pauvre René !

Au départ, le juge lui avait défendu d'approcher Marie et l'accès à la maison lui était interdit. Trop souffrant pour se reprendre, René était allé se réfugier chez son parrain qui ne demandait pas mieux que de lui venir en aide.

— Au fait, j'ai retiré ma plainte.

— Pourquoi ?

— Bof ! Je n'allais quand même pas démolir l'homme que j'aime pour si peu !

— Si peu ? Non, mais, Marie, regarde-toi, tu ne seras plus jamais la même !

— René non plus, crois-moi !

— Tu ne lui en veux pas ?

— Disons que je ne lui en veux plus. Vois-tu, Anaïs, j'avais le choix : ou bien je passais le restant de ma vie en colère, ou bien je pardonnais ; j'ai décidé de pardonner.

— C'est difficile ?

— De pardonner ? Non, au contraire, c'est plus simple, plus apaisant. Mais pardonner ne veut pas dire encourager. Jamais je ne tolérerai que René recommence. J'ai retiré ma plainte, soit, mais à une condition : qu'il remette sa pendule à l'heure !

— Ce qui veut dire ?

— Qu'il doit reprendre sa vie en main et recommencer au bas de l'échelle, un jour à la fois, en espérant que cet accident fâcheux lui rappellera qu'une rechute est toujours possible.

— Va-t-il revenir à la maison ?

— Probablement, mais pas tout de suite. Je dois lui faire signe quand je serai prête.

Dans un mouvement d'extrême lassitude, Marie a laissé tomber ses deux mains lourdement sur le clavier comme pour mettre un point final à une conversation qui la tourmentait. Puis elle a enchaîné avec une valse légère composée exprès pour libérer les papillons. Anaïs a compris le message et s'est efforcée de paraître plus gaie.

— Marie, sais-tu que tu es merveilleuse ?

— Voyons donc, je n'ai aucun mérite, je l'aime!

Marie a dit «je l'aime» avec tant de conviction qu'Anaïs en est restée troublée.

— Bon! j'ai assez joué, allons nous asseoir!

Quand elle a constaté que son amie se déplaçait avec une canne, Anaïs s'est demandé si, le cas échéant, elle aurait eu le même courage. Marie s'est allongée sur le canapé.

— Sais-tu que cet accident m'a rendue paresseuse!

Sans cesser de sourire, elle a grimacé un peu en posant sa jambe gauche sur un coussin. Anaïs s'en est inquiétée.

— Tu souffres encore?

— Non, non, ça va!

Anaïs a tiré un pouf et s'est assise à côté d'elle. Depuis que le piano s'était tu, la maison semblait flotter dans une atmosphère ouatinée, moelleuse. Sensible au silence, Anaïs prenait conscience de ce moment de plénitude et se sentait bien. En fait, c'était la première fois que l'écrivaine se sentait aussi bien en présence de Marie. Une Marie différente qui, délivrée temporairement de sa solitude, semblait encline à retrouver sa bonne humeur d'autrefois. Elle s'est retournée vers Anaïs.

— Et toi, ma chérie, parle-moi de toi! As-tu enfin terminé ton roman?

— Non, pas encore. Je ne sais pas ce qui se passe, mais, depuis la mort d'Igor, je suis en panne d'inspiration.

— Serait-ce qu'Igor était ta muse?

— C'est la question que je me pose tous les jours!

— Si c'est cela, je vais y voir. Compte sur moi pour t'en trouver une autre!

— Je te remercie, un Igor de Pourceaugnac dans une vie, ça suffit!

— N'empêche qu'il va falloir que je reprenne les choses en main!

Capable enfin de penser par elle-même et de fonctionner sans René, Marie dégageait tout à coup une complicité inhabituelle, une assurance rayonnante. Si Anaïs s'en réjouissait, elle s'en étonnait quand même un peu.

— Tu sais, Marie, j'étais heureuse de ton invitation, mais je t'avoue que ton téléphone m'a intriguée.

— D'abord, j'avais envie de te voir, et puis…

Contrairement à son habitude, Marie s'est mise à patiner, ce qui donnait à Anaïs la désagréable impression que son amie lui cachait quelque chose.

— Je t'en prie, Marie, cesse de faire des mystères et parle!

— Je voulais simplement t'annoncer que…

— Que quoi?

— Enfin, j'ai eu vent de quelque chose.

— Quelque chose qui me concerne?

— Indirectement, oui!

— Ah bon!

— Il s'agit de Ruth Lanteigne.

— De Ruth Lanteigne?

— Oui! Mon Dieu, rien que d'en parler, j'ai les mains moites!

— Qu'est-ce qu'elle a fait encore?

— Figure-toi qu'elle m'a téléphoné pour m'annoncer qu'elle comptait se départir rapidement de toutes les parts qu'elle détient dans la maison d'édition.

— Ce qui veut dire?

— Que si je n'y prends garde, elle pourrait me balancer n'importe quel actionnaire dans les pattes.

— Et moi, qu'est-ce que je viens faire là-dedans?

— Écoute, c'est là que la chose devient intéressante : je veux que tu les achètes!

— Moi?

— Oui! Ruth a besoin d'argent et m'a offert ses parts en pensant m'embêter.

— Et alors?

— C'est toi que je veux comme associée!

Consciente du coup qu'elle venait de lui porter, Marie attendait patiemment la réaction d'Anaïs.

— Tu n'y penses pas, Marie, ça n'a pas d'allure!

— Comment ça, pas d'allure?

— Voyons donc, tu sais très bien que je n'ai pas d'argent!

— Je vais t'en prêter!

Marie affichait une telle assurance qu'Anaïs se laissait guider sans opposer aucune résistance.

— Écoute bien ce que nous allons faire : tu vas contracter un emprunt à la banque pour lequel je vais déposer notre maison en garantie. Ensuite, nous rachèterons la totalité des parts de Ruth Lanteigne et les mettrons à ton nom.

— En as-tu parlé à René?

— Pas encore, j'attendais que tu acceptes.

— Mais il pourrait les racheter, lui, non?

— Il n'en est pas question!

— Pourquoi?

— Avant mon accident, j'étais prête à lui offrir gratuitement toutes mes parts. Mais, depuis, j'ai beaucoup réfléchi et j'ai pris la décision de garder la main haute sur ma vie et sur toutes les choses qui m'appartiennent.

— Et René?

— Si tu es d'accord, René continuera d'occuper ses fonctions de directeur littéraire, mais il devra s'en remettre à nous pour régler les détails importants. Quant à Ruth Lanteigne, le plus vite je m'en débarrasserai, le mieux ce sera!

— Cette chère Ruth! C'était sans doute de la projection, mais, dans mes rêves, je la voyais morte!

— Eh bien, comme tu vois, elle ne l'est pas; même que je la trouve plutôt vivante et prête à me jouer dans le dos si je ne me méfie pas. C'est pourquoi je veux que tu me viennes en aide en rachetant toutes ses parts.

— Mais l'argent? Comment pourrai-je te remettre l'argent?

— Tu rembourseras ton emprunt au fur et à mesure que nos profits nous le permettront.

— N'empêche que je préférerais que tu en parles à ton mari.

— Tu sais très bien qu'il va être d'accord; il t'a toujours tellement aimée!

— C'est toi qui dis ça? Dois-je comprendre que tu n'es plus jalouse?

— Moi? Mais je ne l'ai jamais été!

— Marie!

— D'accord, c'est vrai, j'étais jalouse! Pas seulement de toi, d'ailleurs, mais de toutes les femmes qui osaient approcher René. Vois-tu comme la vie est bizarre? Depuis ce fameux incident, je me sens plus forte, plus sûre de moi, et infiniment moins vulnérable.

— Marie, te rends-tu compte, tu viens de dire un *incident* au lieu d'un *accident*; c'est bon signe, non?

— Un jour viendra sans doute où j'oublierai même d'en parler!

Aussi emballées l'une que l'autre, Anaïs et Marie se motivaient, s'encourageaient. Au bout d'une heure, Marie entrevoyait déjà de refaire la décoration de tous les recoins de la maison d'édition.

— On pourrait rajeunir la façade, repeindre la corniche, changer l'enseigne…

— Et pourquoi pas changer de nom?

Une idée farfelue, lancée en l'air comme une boutade, que Marie s'est empressée de saisir au vol.

— As-tu une suggestion?

Prise de court, Anaïs a inventé n'importe quoi.

— Les Éditions Prosaïques! C'est joli, non?

— Les Éditions Prosaïques? Tu as raison, oui, ça sonne bien!

Les deux femmes n'en étaient pas conscientes, mais changer le nom de la maison d'édition équivalait à ériger sur le tombeau d'Igor de Pourceaugnac une pierre tombale anonyme à la mémoire d'un quidam.

24

Le nez collé à la fenêtre, Marie-Olga tentait de faire passer le temps en surveillant les rares taxis qui empruntaient la rue de Mentana à cette heure de l'après-midi. Tout excitée à l'idée d'avoir enfin une vraie famille, elle attendait l'arrivée d'Olga avec d'autant plus d'impatience que Marquise lui avait vanté les mérites de la vieille dame avec ostentation.

— Ça y est, maman, elle arrive !

Grande, forte et bien en chair, Olga Cauchon possédait à première vue tous les attributs qui font les meilleures grands-mères ; c'est du moins ce que pensait Marie-Olga en la voyant paraître dans le tournant de l'escalier.

— Par ici, grand-maman, je suis là !

Olga a relevé la tête en brandissant à bout de bras la grosse poupée qu'elle venait d'acheter chez un marchand de jouets de l'avenue du Mont-Royal.

— C'est pour toi, ma chérie !

Du haut de ses dix ans, Marie-Olga se considérait déjà trop vieille pour jouer à la poupée, mais, par souci de ne pas déplaire, elle a fait semblant d'être ravie.

— Maman, maman, regarde un peu ce que ma grand-mère m'a apporté!

En entendant Marie-Olga dire ma «grand-mère», Marquise Favreau a constaté qu'elle éprouvait un sentiment confus qui ressemblait étrangement à de la jalousie; une jalousie sourde, discrète, mais assez envahissante pour assombrir le bonheur de sa fille.

— Qu'est-ce qui se passe, maman, tu ne l'aimes pas, ma poupée?

— Mais si, ma chérie, elle est magnifique!

Retrouvant finalement son sourire, Marquise, qui se faisait pourtant une fête de cette rencontre, s'est avancée vers son invitée en lui tendant les bras.

— Olga, vraiment, vous êtes trop gentille!

— Allons donc, ce n'est rien!

— C'est beaucoup, au contraire! Dis-moi, chérie, comment vas-tu l'appeler?

— Je vais l'appeler Olga, comme grand-maman et moi!

Sans sourciller, Marquise a fait demi-tour et s'est enfuie dans la cuisine en prétextant qu'elle avait une meringue à faire monter. Jamais blancs d'œufs n'ont été battus avec autant de vigueur. Le cou tendu et l'oreille aux aguets, Marquise maniait le fouet sans perdre un mot de ce qui se disait dans la pièce à côté où, blotties dans le même fauteuil, Olga et sa petite-fille bavardaient joyeusement. Marie-Olga accaparait complètement sa grand-mère et se collait tant qu'elle pouvait contre sa poitrine généreuse pour en apprécier davantage le parfum.

— Tu sens bon, grand-maman !

— Merci ! Ton père aussi aimait ce parfum lorsqu'il avait ton âge !

— Comment il était, mon papa, lorsqu'il était petit ?

— Il était très câlin, très gentil, comme toi !

D'abord, Marquise a sursauté en entendant Olga vanter les mérites de son fils, puis elle s'est mordu les lèvres pour ne pas rabrouer cette effrontée qui venait raviver le souvenir d'Igor dans le cœur de sa fille.

— Venez manger !

D'une voix sèche et autoritaire, Marquise, sans le vouloir, venait de transformer en ordre une invitation qui au départ se voulait gentille et conviviale. Trop jeune pour percevoir ce genre de nuances, Marie-Olga s'est précipitée dans la cuisine en criant.

— C'est moi qui m'assois à côté de grand-maman !

— Je t'en prie, ma chérie, calme-toi !

— Mais, maman…

— Marie-Olga Favreau, as-tu compris : ça va faire !

Marquise parlait d'une voix forte, en séparant chaque syllabe, pour bien signifier à sa fille que son exubérance

223

intempestive la dérangeait presque autant que la présence d'Olga qui, après s'être imposée dans sa bulle, envahissait maintenant tout son univers.

— Voyons, ma fille, qu'est-ce qui ne va pas?

Quand Olga a posé sa main sur son avant-bras, Marquise a failli crier. Subitement réfractaire à toute marque de tendresse, elle s'est d'abord cambrée comme un cheval fougueux, puis elle a craqué et s'est mise à pleurer.

— Laissez-moi tranquille, surtout ne me touchez pas!

Quand sa mère a éclaté, Marie-Olga s'est mise à pleurer avec elle. Aussi bouleversée qu'impuissante, Olga dévisageait sa bru sans oser s'imposer. Marquise sanglotait. Son mariage, son divorce et son deuil se confondaient et la rattrapaient cruellement. Jamais Igor n'avait été aussi présent dans sa vie, ni dans celle de sa fille qui vénérait aveuglément l'homme qui les avait abandonnées. Triste et émue, Olga Cauchon serrait sa petite-fille dans ses bras en lui caressant tendrement les cheveux.

— Attention, grand-maman, tu m'étouffes!
— Pardonne-moi, ma chérie, je rattrapais le temps perdu!

La grand-mère et la petite-fille se sont regardées en souriant puis elles se sont appuyées l'une sur l'autre sans parler. À bout de larmes, Marquise s'est enfin calmée.

— Excusez-moi, Olga, je ne sais pas ce qui m'a pris!
— Trop d'émotions, sans doute.

— Sans doute.

— Venez vous asseoir, Marquise, et je vous en prie, laissez-moi vous servir !

Heureusement, la soupe fumante a vite produit un effet apaisant. Tout au long du repas, les deux femmes et la fillette essayaient de rassembler leurs souvenirs miteux comme trois artisanes s'affairant à rapiécer une courtepointe pleine de trous. D'un côté comme de l'autre, il leur manquait des bouts. Les récits d'Olga se limitaient essentiellement à l'enfance d'Igor, ceux de Marquise couvraient surtout leurs deux années de mariage, et les rares souvenirs que Marie-Olga gardait de son père étaient si flous qu'elle devait les étoffer pour se rendre intéressante.

— Et maintenant, ma chérie, il est l'heure d'aller te coucher.

— Je voudrais que grand-mère vienne me border !

— Je t'en prie, Marie-Olga, ne fais pas le bébé !

— Laissez, Marquise, je m'en occupe.

Comme elle le faisait autrefois pour Igor, Olga s'est assise à côté du lit de sa petite-fille pour lui raconter la belle histoire d'une jeune ballerine russe qui rêvait d'épouser un tzar. Marie-Olga l'écoutait avec ravissement en remerciant le ciel de lui avoir enfin rendu sa vraie famille. Au bout d'un quart d'heure, Olga a rejoint Marquise au salon.

— Et voilà, notre princesse s'est endormie !

— Je crois bien que vous venez de faire sa conquête !

— C'était facile. La chère enfant, elle est si gentille !

Assises l'une en face de l'autre, les deux femmes se regardaient en souriant sans dire un mot. Marquise se sentait troublée à l'idée que cette femme, si active, si vivante, était la mère d'Igor qu'elle croyait morte. De son côté, Olga essayait de comprendre pourquoi son fils ne lui avait jamais fait part de son mariage avec Marquise, non plus que de sa paternité.

— C'est curieux, Olga, mais j'ai pourtant l'impression de vous connaître depuis toujours!

— Comme c'est bizarre, je pensais justement la même chose!

Les deux femmes se sont observées encore durant quelques secondes, puis Olga s'est penchée vers sa belle-fille.

— Marquise, je crois qu'il est temps que je vous parle...

— De quoi donc?

— C'est au sujet d'une assurance.

C'était donc ça! Contrairement à ce que la vieille femme avait laissé paraître, son affection n'était en fait qu'une imposture, un appât savoureux pour petits poissons fragiles. Du coup Marquise s'est sentie flouée, déchirée, bafouée. Encore une fois, elle avait accordé sa confiance et, encore une fois, on l'avait trompée. Elle souffrait pour elle, bien sûr, mais surtout pour sa fille. Marie-Olga était encore si jeune, si généreuse. Prête à se battre pour la pro-téger, Marquise s'est objectée.

— De toute façon, ma fille ne pourra rien toucher avant sa majorité!

— Pourquoi me dites-vous ça?

— Parce que vous avez osé me parler de l'assurance et que…

Brisée par l'émotion, la voix de Marquise se faisait de plus en plus sèche.

— Je vous avertie, Olga, si c'est pour quémander de l'argent que vous êtes venue me voir, vous vous êtes trompée de porte!

— Excusez-moi, mais je ne vous suis pas.

— L'assurance qu'Igor a léguée à Marie-Olga restera à Marie-Olga!

— Voyons, Marquise, mais de quoi parlez-vous?

— Personnellement, je n'ai pas d'argent! Je ne peux rien vous donner! Rien! Pas un sou! Vous m'entendez?

— Je vous entends mais je ne vous comprends pas. Je ne viens pas vous demander de l'argent, je viens vous en offrir, au contraire!

Surprise par la réaction d'Olga, Marquise Favreau s'est tout à coup sentie stupide. Gênée de s'être emportée de la sorte, elle s'est excusée en baissant la tête piteusement.

— Alors là, Olga, c'est moi qui ne vous suis plus.

— Eh bien voilà! À la suite du décès de mon premier mari, le père d'Igor, j'avais pris une assurance sur ma vie et sur celle de mon fils. Vous savez, ce genre d'assurance qu'on paie durant un certain temps, puis qui se paie toute seule en accumulant des intérêts. Faut croire que durant les bonnes années les intérêts ont joué en ma faveur puisque je viens de recevoir un chèque frisant les cent mille dollars, avec lequel je ne sais pas quoi faire. C'est pour cette raison que je suis venue vous voir!

— Pourquoi moi?

— Parce que vous êtes ma belle-fille et la mère de ma petite-fille!

— Mais vous ne nous connaissez pas!

— Vous non plus, vous ne me connaissez pas, mais nous finirons bien par nous connaître. Voyez-vous, j'ai toujours vécu seule et j'aimerais finir mes jours entourée de gens que j'aime. Or, voici ce que je vous propose : avec le montant de cette assurance, je voudrais rénover ma maison. Oh! ce n'est pas un château, bien sûr, mais c'est une maison modeste, confortable et suffisamment spacieuse pour que vous veniez y vivre toutes les deux avec moi.

— Vous voulez dire que nous habiterions ensemble?

— Non, pas vraiment, puisque j'aurais mes appartements et que vous auriez les vôtres, mais nous pourrions partager certaines tâches, manger ensemble quelquefois. Et puis, en votre absence, je pourrais m'occuper de la petite; je n'aime pas trop la savoir seule à la maison, comme ce matin.

En fait, la proposition d'Olga n'était pas tout à fait désintéressée puisque, depuis la mort d'Igor, elle avait peur de rester seule. Sans vouloir effrayer Marquise, elle se méfiait de Ruth Lanteigne qu'elle jugeait dangereuse et capable au besoin de s'en prendre à la petite.

— Alors, dites-moi, qu'est-ce que vous en pensez?

Tout allait si vite que Marquise avait l'impression de rêver. Pouvait-elle vraiment faire confiance à cette femme ? N'allait-elle pas revivre l'enfer qu'elle avait déjà vécu avec Igor ? Le sourire d'Olga s'est fait aussitôt rassurant.

— Vous savez, Marquise, j'ai beaucoup souffert de la mesquinerie de mon fils, qui n'avait d'égale que l'avarice de son père. Et, lorsque je vous ai rencontrée, à l'hôtel, ce matin, j'ai constaté que votre vie non plus ne devait pas être facile.

— Mais ce que vous me proposez ne m'enlèvera pas l'obligation d'aller travailler.

— Non, bien sûr, mais vous le ferez certainement d'une manière plus détendue, plus sereine. Et puis, au besoin, vous pourrez même changer d'emploi.

— À mon âge, vous savez bien que ce n'est pas facile !

— Allons donc ! Vous êtes jeune, vous êtes intelligente, vous n'allez tout de même pas consacrer le restant de votre vie au service de cette brute qui vous traite comme si vous étiez son esclave ? Non, mais l'avez-vous entendu ? Il ne vous parlait pas, il jappait !

— Heureusement, il ne mord jamais !

— Il ne manquerait plus que ça !

Les deux se sont mises à rire comme elles ne se souvenaient pas de l'avoir fait depuis longtemps.

— Ah ! Marquise, c'est vraiment ce qui me manque le plus : rire ! Autrefois j'étais gaie, joyeuse, mais rire toute seule devant la télé, avouez que ce n'est pas très amusant.

— Mais pourquoi Igor vous avait-il abandonnée?

— Pauvre Igor, il n'avait pas pris la solution la plus facile pour se débarrasser de sa mère!

— Pourtant, je sais qu'il vous aimait!

— Il m'aimait trop, c'était ça le drame!

— Croyez-vous donc qu'il était jaloux?

— Jaloux? Le mot est faible!

Soudain Olga s'est tue. Son beau regard s'est assombri et son visage est devenu triste, comme si la douleur qui venait de l'envahir l'empêchait de poursuivre certaines confidences devenues avec le temps beaucoup trop lourdes de conséquences.

— Mon fils était tellement jaloux de mon deuxième mari qu'un jour, alors que nous venions de nous marier, il est entré directement dans notre chambre, en coup de vent, sans frapper. Vous imaginez notre surprise : un grand garçon de seize ans qui se dresse devant sa mère comme un justicier en colère. D'une voix tremblante, Igor m'a ordonné de me lever et, comme je refusais de lui obéir, il a tiré les couvertures. J'étais en jupon, je ne savais plus où me mettre. Devinant mon malaise, mon mari lui a gentiment ordonné de sortir, mais Igor s'est jeté sur lui en le retenant de toutes ses forces.

— Et alors?

— Alors mon mari s'est défendu et, tous les deux, ils se sont battus. Igor saignait. C'était affreux! Pauvre Igor, vous auriez dû voir comme il était furieux…

— Furieux contre qui?

— Contre mon mari, sans doute, mais surtout contre moi. Depuis la mort de son père, j'étais sa confidente, sa possession, sa chose. Il m'en voulait tellement de m'être remariée que, pour me punir, il s'est sauvé en courant en emportant ma robe préférée.

— Votre robe ?

— Oui ! Une belle robe mauve, très ample…

— Avec des plis plats et un grand col blanc ?

— C'est exact !

— Il la portait le soir du meurtre !

Quand les policiers sont arrivés sur les lieux du crime, ils ont d'abord cru que la victime était une femme, jusqu'à ce que Ginette Corbeil leur révèle l'identité du cadavre.

— Vous voulez dire que mon fils portait ma robe ?

— Oui ! Même que le sergent Mayrand m'a demandé si c'était la mienne.

— Pauvre petit !

Les deux femmes sont restées ainsi très longtemps, unies dans le silence. Quand finalement Marquise a regardé l'heure, il était tard, trop tard pour qu'Olga puisse retourner toute seule chez elle. Alors Marquise lui a prêté son lit et s'est installée dans le hamac. Les bras croisés derrière la tête, elle s'est mise à rêver de départ, de bonheur, d'évasion. Telle une coquille sur l'océan, le hamac la berçait tranquillement et plus rien ne lui paraissait impossible.

Au petit matin, lorsque Marquise a ouvert les yeux, le soleil léchait timidement le rebord de la fenêtre. Et, pour une rare fois depuis longtemps, elle avait bien dormi. Matinale de nature, Olga n'était déjà plus dans son lit. Elle avait préparé du café et bavardait gaiement dans la cuisine avec Marie-Olga qui n'en finissait plus de rigoler. Marquise les entendait s'esclaffer et leurs rires la rendaient heureuse. Les bras croisés derrière la nuque, elle se berçait en remuant légèrement les hanches pour imposer au hamac un mouvement de balancier. Lorsqu'elle s'est enfin décidée à quitter son nid, ses idées étaient plus claires : elle allait considérer la proposition d'Olga.

25

Si l'argent n'a pas d'odeur, il n'a pas de cœur ni de mémoire non plus, et lorsqu'il est en cause, les ennemis d'hier peuvent facilement devenir les amis d'aujourd'hui ! Le notaire Soulard avait vraiment toutes les raisons du monde de se féliciter : il venait de conclure une bonne affaire. Le chalet des Laurentides et les terrains avoisinants que Gertrude Corriveau lui avait cédés pour une bouchée de pain intéressaient depuis toujours nulle autre que Ruth Lanteigne qui projetait d'y établir un centre de villégiature. Outre un théâtre d'été, une série de boutiques et un hôtel de soixante chambres avec vue imprenable sur le lac, la femme-panthère prévoyait construire une cinquantaine de petits chalets parsemés sur le flan de la montagne. Situé à proximité d'une pente de ski et doté d'un terrain de tennis, d'une piscine chauffée et d'une piste cyclable, ce projet gigantesque promettait de générer des profits que, dans leur emballement, le notaire Soulard et sa toute nouvelle *associée* avaient peut-être tendance à exagérer. Ils parlaient de millions, ajoutaient des zéros et se retrouvaient riches comme Crésus avant même d'avoir levé la première pelletée de terre.

L'entente était signée et maître Soulard venait à peine de quitter Ruth Lanteigne quand il s'est rendu compte que, depuis la mort d'Igor de Pourceaugnac, il n'avait plus personne avec qui partager de tels moments de bonheur. Incapable de se résoudre à festoyer tout seul, il a tout bonnement décidé de téléphoner… à Gertrude.

— Maître Soulard, comme c'est curieux, je pensais justement à vous pas plus tard que tout à l'heure!

— Décidément, ma chère, les grands esprits se rencontrent!

— Eh oui! Dieu sait pourquoi, j'avais comme un pressentiment.

— Quelle coïncidence! Dites-moi, Gertrude, êtes-vous libre ce soir?

Folle de joie, Gertrude Corriveau allait accepter sans réfléchir mais, soucieuse de ne pas passer pour une fille trop facile, elle a quand même fait semblant d'hésiter un peu. Oh! pas longtemps, à peine quelques secondes, juste le temps de satisfaire aux principes élémentaires de la bienséance et du savoir-vivre.

— J'avais d'autres projets mais je pourrai facilement me libérer!

— Vous m'en voyez ravi! Je viendrai vous chercher vers sept heures, ça ira?

— Tout à fait!

— En passant, j'ai une bonne nouvelle à vous annoncer!

— Une bonne nouvelle?

— Inutile d'insister, je ne vous en dit pas plus !

Bonne nouvelle ou pas, Gertrude Corriveau s'en fichait complètement. Oasis dans le désert de sa solitude, cette invitation imprévue lui paraissait surnaturelle, miraculeuse, à croire que du haut de son paradis Igor de Pourceaugnac venait d'intercéder pour elle. Levant les yeux au ciel, elle lui a dit merci !

C'était le moment ou jamais d'étrenner son nouveau manteau : un rat musqué teint vison, orné d'un col de renard qui ajoutait de la valeur à la toque assortie.

— Gertrude, vous êtes d'une élégance !

— C'est grâce à vous !

— Arrêtez, vous me gênez !

En la voyant aussi radieuse, maître Soulard s'est senti un peu mesquin. Il avait consciemment abusé de la bonne foi de cette femme trop naïve et supportait assez mal qu'elle lui en soit reconnaissante. De son côté, Gertrude était à peine assise dans la voiture qu'elle se sentait déjà coupable de se retrouver ainsi, seule en présence d'un homme que, sans la mort d'Igor, elle n'aurait jamais connu. Puis, en y repensant, elle s'est ravisée en se disant qu'au fond cette rencontre avait sans doute été orchestrée par Igor-le-bienheureux lui-même qui, sensible à sa douleur, avait décidé de mettre sur sa route un ange nommé…

— Au fait, comment vous appelez-vous ?

— Michel.

— Michel, c'est un joli prénom…

Gertrude a pensé «pour un ange», mais elle ne l'a pas dit. Le reste du trajet s'est poursuivi dans le silence. De temps en temps, maître Soulard l'observait du coin de l'œil. Il souriait et Gertrude, un peu nerveuse, lui rendait son sourire sans cesser de tripoter ses gants.

Quand le notaire a garé sa voiture en face du restaurant, un valet en livrée s'est avancé vers eux pour ouvrir la portière.

— Maître Soulard, heureux de vous revoir!

Le maître d'hôtel pratiquait sans arrêt ses courbettes et fustigeait tous les serveurs en faisant mine de les encourager.

— Garçon, allons, prenez le manteau de madame!

Empesé, guindé, le jeune homme attendait patiemment que sa cliente se décide; mais Gertrude hésitait. Elle aurait préféré étaler son manteau à l'envers sur sa chaise et puis s'asseoir dessus pour être bien certaine que personne ne pourrait le voler.

— Allons, Gertrude, qu'est-ce que vous attendez?
— C'est que, j'aimerais mieux le garder.
— Voyons, ça ne se fait pas!
— Vous croyez?
— J'en suis sûr!

Résignée, Gertrude a laissé le garçon lui retirer son manteau, mais elle a gardé sa toque, car sans fourrure elle se sentait toute nue. Le notaire avait déjà commandé du champagne.

— Gertrude, permettez-moi de porter un toast... à notre amitié!

À notre amitié? Ce que cet homme ressentait pour elle n'était donc que de l'amitié? Par politesse, Gertrude a levé timidement son verre, mais visiblement le cœur n'y était plus.

— Que se passe-t-il, ma chère, je vous sens triste?

— C'est que... je pensais à...

— À Igor, je gage!

— Oui, ce n'est pas ma faute, je pense à lui tout le temps!

— Moi aussi, j'y pense souvent. Ce cher Igor! S'il était avec nous, il serait le premier à se réjouir de la bonne affaire que je viens de conclure. Et avec qui? Vous ne devinerez jamais!

— Je donne ma langue au chat!

— Avec Ruth Lanteigne! Vous êtes surprise, n'est-ce pas?

Surprise? Non! Gertrude était sonnée et l'état de choc la rendait muette. Elle aurait voulu s'enfuir mais paniquait à la seule idée de devoir redemander son manteau.

— Encore un peu de champagne?

Gertrude n'a pas eu le temps de répondre que déjà le notaire Soulard avait rempli son verre à ras bord, pressé qu'il était de porter un toast à la santé de Ruth Lanteigne!

— Ruth est une femme d'affaires extraordinaire, vous ne trouvez pas?

Maître Soulard riait et célébrait sa victoire, sans remarquer que sa compagne devenait de plus en plus taciturne. Un peu grisé par le champagne, il s'apprêtait même à dévoiler certains détails de la transaction quand le serveur s'est approché.

— Je propose que nous mangions d'abord et que nous discutions ensuite ; vous êtes d'accord, Gertrude ?

— C'est vous qui décidez !

En habitué, le notaire n'a même pas pris la peine de consulter le menu.

— Je prendrai le canard aux morilles, précédé du feuilleté de chèvre chaud.

— Moi aussi.

Intimidée par un menu sans prix, Gertrude n'avait pas osé commander autre chose. Et tandis qu'en connaisseur Michel Soulard choisissait le vin, elle appréhendait l'arrivée de ce «feuilleté de chèvre chaud» dont elle n'arrivait pas à imaginer la consistance.

— Faites-moi confiance, Gertrude, vous allez voir, c'est délicieux !

Mise en appétit par le champagne et agréablement surprise par le raffinement des plats que le notaire avait choisis, Gertrude Corriveau commençait enfin à se détendre.

— Et alors, parlez-moi donc de cette fameuse affaire !

— Figurez-vous, ma chère Gertrude, que j'entreprends une deuxième carrière : je me lance dans l'immobilier !

— Dans l'immobilier?

— Exactement!

Oubliant qu'il parlait à Gertrude, le notaire Soulard s'est mis à déballer toutes les facettes de son projet : l'hôtel, les chalets, le théâtre… en omettant bien sûr de lui avouer qu'il s'apprêtait à ériger tout cela sur le fameux terrain d'Igor.

— Comme vous voyez, nous aurons beaucoup de pain sur la planche!

— Beaucoup de pain et beaucoup d'argent!

— Disons que je prévois certains profits!

En s'entendant prononcer le mot profits, le notaire a compris qu'il avait trop parlé et qu'il était temps pour lui de se reprendre.

— Quand je parle de profits, bien sûr ce n'est pas pour demain!

— Évidemment!

— Par contre, Gertrude, j'ai besoin de vous… tout de suite!

Plus le notaire la regardait, plus Gertrude se sentait envahie par un élan de compassion qui lui rendait les joues plus roses. Succédant à Igor de Pourceaugnac, un autre homme avait besoin d'elle, et déjà, dans son for intérieur, la fidèle collaboratrice lui répondait : «Présente!»

— Qu'est-ce que vous attendez de moi?

— Que vous deveniez mon assistante.

— Votre assistante?

— Oui, je veux que nous partagions tout!

Une autre aurait répliqué : «Même les profits?» mais Gertrude n'y a même pas pensé. Oubliant Ruth Lanteigne, elle se voyait déjà organisant la vie de cet homme, presque amoureusement, dans une délicieuse complicité. Le notaire Soulard l'ignorait encore, mais il venait de décrocher le genre de perle rare dont on se plaint parfois mais sans pouvoir s'en passer.

— Et quand voulez-vous que je commence?

— Mais dès demain, si vous voulez!

— Comptez sur moi, Michel, j'y serai!

26

À mesure que ses ecchymoses s'estompaient, la rancœur de Marie s'atténuait et les visites de René se rapprochaient. Profitant du fait qu'il assurait par intérim la direction générale des Éditions De Pourceaugnac, il invoquait tous les jours divers prétextes pour venir bavarder quelques instants en tête-à-tête avec Marie.

— Tiens, nous avons reçu une lettre recommandée pour toi et j'ai pensé que tu aimerais la lire tout de suite.

C'était la première fois que Marie Masson recevait une lettre adressée à son nom, avec la mention : «Directrice des Éditions De Pourceaugnac». Et, sans vouloir le laisser paraître, elle s'est sentie profondément troublée à la pensée que le spectre d'Igor de Pourceaugnac continuait de hanter la maison d'édition. Peureuse et superstitieuse, elle avait l'impression qu'il volait autour d'elle.

— Au fait, René, je voulais t'en parler… j'ai l'intention de changer le nom de la maison d'édition.

De pâlot qu'il était, René est devenu livide. L'air hébété, il regardait Marie avec les yeux scandalisés d'un dévot face à l'impie qui s'apprête à commettre un sacrilège.

— Voyons, chérie, tu n'y penses pas?

— J'y pense très sérieusement, au contraire!

— Après tout ce qu'Igor a fait pour toi?

— Qu'est-ce que tu veux dire?

— Il t'a quand même légué sa maison d'édition!

— Il ne me l'a pas léguée, il me l'a vendue! Et comparés à sa fortune, les cinq mille dollars de mon compte d'épargne valaient mille fois leur pesant d'or!

Cette nouvelle assurance dans le regard de Marie déconcertait René, qui n'avait pas encore réalisé que sa femme était devenue sa patronne.

— Tu n'ouvres pas la lettre?

— Il n'y a pas de presse; pour le moment, j'ai faim!

Habituellement, le petit-déjeuner représentait pour Marie un moment privilégié qu'elle aimait accueillir avec grâce; mais depuis l'*incident*, l'absence de René se faisait lourde; si lourde que Marie ressentait parfois le besoin d'ajouter un couvert pour créer l'illusion qu'il était avec elle.

— Tu attendais quelqu'un?

— Disons que j'espérais ta visite! As-tu mangé?

— Oui, oui, merci!

— Dommage, j'ai fait des brioches aux noisettes.

— Ah! si tu me prends par les noisettes!

Peut-être à cause des brioches, peut-être à cause de l'odeur familière du café, René s'est senti à nouveau chez lui en entrant dans la cuisine. Et comme il lui paraissait contre nature d'amorcer tout changement, il s'est installé *comme avant*, le dos à la fenêtre, à sa place habituelle, sans même imaginer qu'il aurait pu faire autrement.

— Tu n'es pas curieuse de savoir ce que contient cette lettre?

— Non, mais toi tu l'es, n'est-ce pas?

— Un peu.

— Raison de plus pour te faire languir!

Sans l'ouvrir, Marie a déposé l'enveloppe sur la table, juste pour taquiner la curiosité maladive de René, qui essayait de se distraire en parlant d'autre chose.

— Dis donc, tu as changé la couleur de tes cheveux?

— Tu l'as remarqué?

— Oui, ça te va bien!

— Un peu de cendré, ça fait plus jeune!

— Pour moi, tu sais, tu ne vieillis pas!

— Pour toi, peut-être, mais pour les autres…

Tandis que Marie lui servait une deuxième brioche aux noisettes, René s'est surpris à souffrir en pensant qu'il pourrait y avoir quelqu'un d'autre dans le cœur de sa femme.

— Je t'aime, Marie!

Marie a bien failli répondre «moi aussi» mais, étant donné les circonstances, elle a préféré se taire tout en invitant René à deviner ses sentiments par un sourire presque indécent.

Le couple n'avait pas fait l'amour depuis le fameux incident. Et Marie, qui était par nature peu portée sur la chose, paraissait subitement très ouverte à l'idée d'une trêve amoureuse. Par exprès ou par hasard, elle avait parfumé les draps et choisi les dessous que René préférait. Après toutes ces années, il la trouvait toujours aussi jolie, surtout lorsqu'elle relevait ses cheveux avec des peignes ornés de papillons qui lui donnaient un air frivole.

Habile à camoufler certains défauts, Marie avait disposé sa frange de manière à dissimuler quelques bleus plus tenaces, susceptibles de froisser l'amour-propre de René. Plutôt frileux lorsqu'il s'agissait d'avouer ses faiblesses, il aurait pu penser que sa femme lui tendait un piège et cherchait à l'humilier au lieu de vouloir le séduire.

C'est dans cet esprit-là que le couple s'est retrouvé au milieu du grand lit. Elle, un peu timide. Lui, maladroit et gêné. Retenant ses gestes, René osait à peine effleurer les seins de sa femme, à croire qu'il la vénérait trop pour pouvoir être intime. De temps en temps, Marie l'encourageait en lui caressant la poitrine du bout des doigts. Elle ne le brusquait pas mais espérait ardemment qu'il la prenne, non pas comme un mari, plutôt comme un amant...

Tandis qu'elle fixait le plafond dont les aspérités n'avaient plus de secrets pour elle, Marie s'est mise à regretter Igor et l'effet libidineux que produisaient sur elle ses apartés grivois qui l'excitaient autant qu'ils la scandalisaient. Combien de fois Igor de Pourceaugnac s'était-il substitué à René dans ses rêves? Combien de fois avait-il habité ses fantasmes? Rien que d'y penser, Marie se sentait coupable. Adultère sans amant, elle avait trompé son mari plus souvent qu'à son tour. Hélas! quand son homme a la verge triste, une femme amoureuse se distrait comme elle peut!

René s'est roulé sur le dos en poussant un grand râle et Marie a compris que son homme avait joui. Peu importe à qui elle pensait, elle avait accompli son devoir d'épouse et préservé son couple en éloignant son mari des dangers qu'il courait. Un homme seul est un homme libre et un homme libre devient un homme fragile, disponible, vulnérable.

— C'était bon?

— Ah! oui!

Marie regardait René avec les yeux d'une femme comblée. À peine ébouriffés, ses cheveux blonds trop bouclés lui donnaient des allures de coquette, comme on en voyait autrefois quand les films racontaient de vraies histoires d'amour.

Ils se sont embrassés, puis Marie a entraîné René dans l'ancien boudoir qu'elle avait récemment transformé en bureau. Dès l'instant où elle a chaussé ses lunettes, René a constaté que Marie avait beaucoup changé. Plus posée, plus sérieuse, elle calculait chacun de ses gestes et prenait tout son temps pour les exécuter. Elle avait apporté la lettre mais repoussait encore le moment de l'ouvrir. Sans oser l'avouer, elle avait d'abord craint que cette lettre ne lui vienne de René. Puis elle s'était ravisée en se disant qu'on ne baise pas comme ça une femme qu'on veut quitter.

— Bon, allons-y !

Sans se presser, Marie s'est mise à décacheter l'enve-loppe avec la pointe d'un coupe-papier. D'abord curieux, René devenait impatient.

— Et alors, de qui est-ce ?

— Attends, laisse-moi lire !

Écrite sur du papier de qualité, la lettre, pliée en trois parties absolument égales, présentait une calligraphie étudiée et un style impeccable. S'étendant sur dix pages, Gertrude Corriveau insistait sur la fidélité de son enga-gement envers Igor de Pourceaugnac, puis résumait ses longues années de service, avant de présenter sa démission à la nouvelle directrice des Éditions De Pourceaugnac ; le tout sans exprimer la moindre émotion.

— Qu'est-ce qui se passe ?

— Tiens, lis, Gertrude Corriveau nous quitte.

— C'est Anaïs qui va être contente !

— Oh ! parlant d'Anaïs, c'est réglé : Ruth Lanteigne a finalement accepté de lui vendre toutes ses parts.

— Toutes ?

— Oui ! Anaïs Blain va devenir ma nouvelle associée !

Bien sûr, René s'y attendait mais, en apprenant que la chose était faite, il s'est senti rejeté, mis à part, pareil à un enfant qu'on chasse injustement d'un carré de sable.

— Et moi ?

— Quoi, toi ?

— Qu'est-ce que je vais devenir?

— Tu continueras d'occuper tes fonctions de directeur littéraire, ce que tu fais très bien d'ailleurs!

— Je te remercie!

— Au fait, qu'est-ce que tu dirais d'offrir le poste de correctrice à Muriel Sigouin?

René n'y aurait pas pensé tout seul, habitué qu'il était de voir Muriel confinée derrière sa console.

— C'est certainement une bonne idée, mais tu devrais peut-être consulter ta nouvelle associée.

— Tu as raison, mon chéri, je l'appelle tout de suite!

Marie a composé le numéro d'Anaïs sans une seconde d'hésitation. Et à la grande surprise de René, les deux femmes semblaient converser cordialement, à croire que leur association durait depuis toujours. Quand Marie a raccroché, son beau sourire en disait long.

— Anaïs est d'accord!

D'un geste ferme, Marie a replié la lettre, l'a remise dans son enveloppe puis l'a glissée dans un chemise de carton jaune sur laquelle elle avait inscrit les initiales É.P.

— Dis-moi, chérie, qu'est-ce que ça veut dire, É.P.?

— Les Éditions Prosaïques!

— C'était donc vrai, cette histoire de nom?

— Disons qu'Anaïs et moi y songeons sérieusement.

— Il me semble que vous auriez pu me consulter?

— T'en fais pas, mon chéri, tu seras le premier consulté aussitôt que nous aurons tous les papiers en main.

Avec son faux air de femme d'affaires, Marie avait fini par faire craquer René, qui la regardait sans trop comprendre. Après l'avoir laissé languir durant quelques instants, elle s'est finalement mise à rire.

— Mon pauvre vieux, tu ne vois donc pas que je te fais marcher ?

— Tu veux dire que c'était une blague ?

— Bien sûr ! Jamais nous n'aurions pris une décision pareille sans t'en parler.

Après toutes ces années, Marie connaissait bien son homme. Elle savait comment lui présenter les choses et comment lui laisser le temps de réfléchir jusqu'à ce qu'il se ravise et lui ramène la même idée en donnant l'impression que l'inspiration venait de lui.

— À bien y penser, les Éditions Prosaïques, ça me plaît beaucoup !

— Tu sais ce que tu es, René Masson ? Un « anti-contre » ! Il suffit de virer les choses à l'envers pour te les faire accepter !

En riant, Marie s'est jetée sur René pour lui chatouiller les côtes ; une petite taquinerie affectueuse à laquelle il n'avait jamais pu résister.

— Arrête, Marie ! Arrête ou je ne réponds plus de rien !

Ils étaient sur le point de retourner dans la chambre quand Marie a posé amoureusement sa tête sur l'épaule de son homme.

— Tu sais, chéri, tu pourras revenir à la maison quand tu voudras !

— Pour de bon ?

— Pour de bon !

Heureux, René a soulevé Marie dans ses bras et l'a déposée tout doucement au milieu du grand lit encore chaud de leurs amours précédentes. Dépouillés de toute pudeur, ils se sont caressés plus tendrement, plus passionnément… et Marie s'est grisée de plaisir sans penser à Igor.

27

Le Roi est mort, vive la Reine! Pour sa première visite officielle en tant que directrice, Marie Masson s'est présentée aux Éditions De Pourceaugnac en compagnie d'Anaïs Blain qui venait, par un simple jeu de signatures, de reléguer la femme-panthère aux oubliettes. René les attendait. Il avait libéré l'ancien bureau d'Igor de tous les objets personnels qui risquaient de rappeler doulou-reusement à Marie l'omniprésence de son prédécesseur et, par souci du détail, il avait commandé des fleurs : des roses blanches et jaunes qui ensoleillaient la pièce en ajoutant au décor une douceur plus féminine.

— Oh! mon chéri, comme c'est gentil!

— Je savais que ça te plairait!

Malgré son air affable, René se sentait triste. Sans oser se l'avouer, il éprouvait une profonde nostalgie et regrettait un peu Igor de Pourceaugnac, sous le règne duquel il avait servi avec tant de loyauté que son échine en était restée courbée.

— J'ai hâte de tout redécorer, ces murs sombres sont d'un triste!

René connaît si bien sa femme qu'il devine à son regard qu'elle a déjà sa petite idée en tête; dans quelques jours sinon dans quelques heures, le décor austère mais familier auquel il avait fini par s'habituer ne sera plus qu'un lointain souvenir. Mieux valait sans doute qu'il se fasse à l'idée : sans Igor, sans Ruth et sans Gertrude, les Éditions De Pourceaugnac ne redeviendraient jamais ce qu'elles avaient été.

— Et maintenant si nous passions aux choses sérieuses!

Assise dans l'ancien fauteuil d'Igor de Pourceaugnac, ses deux pieds ne touchant pas terre, Marie s'exerçait à jouer les patronnes, mais ses faux airs autoritaires n'impressionnaient nullement son entourage.

— Si vous êtes d'accord, nous allons d'abord discuter du remplacement d'une certaine personne… Anaïs, sois gentille, va chercher Muriel!

En apprenant que la nouvelle directrice désirait la rencontrer, Muriel Sigouin s'est tout de suite méfiée. Issue d'une génération défaitiste, elle craignait qu'on remette en question son emploi. Résignée avant même de savoir ce que Marie lui voulait, elle était prête à recevoir le pot sans se douter qu'on lui réservait les fleurs.

— Allons, Muriel, qu'est-ce que tu attends? Approche!

Les mains derrière le dos, Muriel affichait un air timide que personne ne lui connaissait. Visiblement, Marie l'impressionnait.

— Comme tu le sais sans doute, ma chère Muriel, Gertrude Corriveau vient de quitter notre équipe et nous avons pensé à toi pour la remplacer.

— À moi?

— Oui, nous croyons tous, sincèrement, que tu sauras t'acquitter de cette tâche à la perfection; tu es patiente, minutieuse, méticuleuse, et tes talents de correctrice ne nous laissent aucun doute. Donc, si cela te convient, tu pourras occuper cette fonction dès que nous aurons engagé une nouvelle réceptionniste.

Muriel paraissait trop figée pour réagir. Elle regardait Marie avec admiration.

— Je vous remercie, madame!

— Tu peux continuer de m'appeler Marie!

— Je ne sais pas pourquoi mais je n'ose pas!

Ravie, Marie s'est mise à rire en contemplant le chemin qu'elle avait parcouru. Tour à tour, les événements se rapprochaient puis s'éloignaient en lui rappelant au passage que la vie était faite de surprises qu'il fallait saisir au vol sans en laisser échapper une seule.

— Bon! Eh bien, il ne nous reste plus qu'à trouver une autre réceptionniste!

Marie s'apprêtait à combler cette lacune en plaçant une petite annonce dans le journal, comme Igor de Pourceaugnac l'avait fait autrefois, quand Muriel s'est permis d'intervenir.

— Avez-vous pensé à Marquise?

De prime abord, Marie a paru surprise, puis elle s'est retournée vers Anaïs.

— Tu y aurais pensé, toi?

— À Marquise? Non, jamais!

— Moi non plus! Dis-moi, Muriel, qu'est-ce qui te fait croire qu'elle accepterait?

— Une idée, comme ça. Depuis qu'elle a décidé d'aller habiter avec Olga, je sais qu'elle est beaucoup plus libre… et puis elle en a marre de travailler comme femme de chambre.

En y repensant bien, Anaïs et Marie trouvaient cette suggestion fort bonne, d'autant meilleure qu'au cours des années Marquise Favreau avait acquis la réputation d'être une femme chaleureuse, accueillante et discrète. Toujours prête à réagir, Anaïs s'emballait déjà.

— Plus j'y pense, plus je suis convaincue que Marquise est vraiment la personne qu'il nous faut.

— Attention, ne nous emballons pas trop vite. S'il fallait qu'elle refuse…

— Ne t'inquiète pas, Marie, je m'en charge!

En voyant toutes ces femmes virevolter autour de lui, René se sentait emporté dans un tourbillon de parfum et de charme qui faisait brutalement contraste avec le silence réservé qu'il devait s'imposer du temps d'Igor de Pourceaugnac. À la fois déboussolé et grisé, il écoutait Marie parler des rencontres qu'elle prévoyait organiser pour favoriser de meilleures relations entre l'éditeur et les auteurs. Tandis qu'Anaïs renchérissait en proposant d'élaborer de nouveaux contrats qui faciliteraient la perception des redevances et feraient en sorte que les écrivains de la maison finiraient par acquérir un sentiment d'appartenance.

— Et que comptez-vous faire, finalement, pour le nom?

En entendant la question de René, Anaïs et Marie se sont consultées d'un air complice, puis Marie a baissé les yeux en faisant la moue.

— Je crois que, par respect pour Igor, nous devrions garder le même.

— Pourquoi? Rien ne vous y oblige.

— Pourtant, René, c'est toi-même qui prétendais que j'avais une dette de reconnaissance envers Igor!

— J'avais tort. Et puis les Éditions Prosaïques, moi, je trouve ça plutôt accrocheur!

— Et toi, Muriel, qu'est-ce que tu en penses?

De toute évidence, Muriel ne s'attendait pas à ce que Marie lui demande son avis. Se sentant subitement importante, elle s'est empressée d'acquiescer.

— Moi aussi, je préfère «les Éditions Prosaïques»!

C'est alors que, jouant les juges, Anaïs Blain a donné un grand coup de poing sur la table en riant.

— Adopté à l'unanimité !

Habituée à se faire rabrouer par Igor chaque fois qu'elle osait rigoler, Muriel Sigouin s'est subitement mise à pleurer. Elle tremblait tellement qu'Anaïs devait la serrer dans ses bras pour la consoler. Sentant le besoin de se faire rassurante, Marie aussi s'est approchée.

— Qu'est-ce qui se passe, ma belle fille ?

— Je ne sais pas ce qui m'arrive, j'ai peur !

— Peur de quoi ?

— De tout, Marie. Je vous regarde, je vous écoute, et j'ai peur que tout cela ne soit qu'un rêve.

— Qu'est-ce que tu veux dire ?

— Je me sens délivrée d'Igor de Pourceaugnac et, en même temps, je me sens terriblement coupable…

— Pourquoi ?

— Parce que je sais qui l'a tué !

Pour la première fois, Muriel osait parler d'un appel anonyme qu'elle avait reçu en pleine nuit le soir du crime. Au bout du fil, une femme en sanglots, dont elle n'arrivait pas à reconnaître la voix, avait répété trois fois : « J'ai tiré sur Igor ! » puis avait raccroché sans que Muriel réussisse à l'identifier. Complètement sonnée, Anaïs la regarde, interloquée.

— En as-tu parlé au sergent Mayrand ?

— Non.

— Pourquoi?

— Parce que j'étais sûre que cette voix inconnue…
c'était la tienne!

28

Quand le sergent Mayrand est arrivé à son bureau, un visiteur imprévu l'attendait. Pâle et longiligne, cet homme apparemment nerveux flottait dans ses vêtements comme un obèse qui a beaucoup maigri.

— Vous vouliez me voir?

— Oui, monsieur. Enfin, ce n'est pas moi, c'est ma femme qui…

— Votre nom?

— Félix Lampron.

— Nous sommes-nous déjà rencontrés?

— Non, pas moi, mais vous avez interrogé ma femme, Julie Poitras.

— L'attachée de presse?

— C'est ça! Vous vous en souvenez?

— Très bien!

— Ça ne m'étonne pas. Tous ceux qui la voient, ma Julie, s'en souviennent!

— Et que faites-vous dans la vie, monsieur Lampron?

— Je suis camionneur.

— Pour quelle compagnie?

— Aucune. Depuis trois ans, je suis à mon compte.

Fidèle à sa routine, le sergent Mayrand prenait des notes tout en observant son visiteur qui préférait rester debout.

— Si je m'assois, je vais chercher mes mots. Je me connais. Julie me le dit tout le temps : «Veux-tu bien t'asseoir quand tu me parles!» Mais ça ne sert à rien, je ne suis pas capable.

De temps en temps, pour se relaxer, Félix Lampron bougeait les doigts, faisait bruyamment craquer ses jointures, ou relevait une de ses jambes à mi-cuisse, en se tenant droit comme un flamant rose piqué dans un jardin.

— Monsieur Lampron, je soupçonne que vous avez pas mal de choses à me raconter.

— Pas mal, oui! Oh, je sais, j'aurais dû venir vous voir avant, mais, c'est pas ma faute, j'avais la chienne!

— Vous ne l'avez plus?

— Ben oui, c'est certain, je l'ai encore; mais c'est Julie qui m'a dit qu'il fallait que je vous parle. Je n'en peux plus de me taire et puis de garder tout ça pour moi…

— Tout ça quoi?

— Ben… euh!… j'étais là quand c'est arrivé.

— Vous voulez dire que…

— Que j'étais pas loin quand Igor de Pourceaugnac est mort!

Par précaution, le sergent Mayrand a décidé d'enregistrer le témoignage de Félix Lampron au magnétophone.

— Vous n'y voyez pas d'inconvénient?

— Pantoute. Moi, j'ai rien à cacher!

— Un, deux, trois… Un, deux, trois… Allez-y, monsieur Lampron, parlez, je vous écoute!

— Monsieur de Pourceaugnac m'engageait souvent pour transporter des boîtes de livres.

— Où ça?

— Un peu partout. Des fois, il en cachait dans son garage ou bien dans un vieil entrepôt qu'il avait loué à Saint-Basile…

— À Saint-Basile?

— Oui, au bout d'un rang, il y a un petit chemin croche qui mène à une grange toute délabrée; c'est là que j'allais vider mon camion.

— À qui appartient cette grange?

— Je n'en sais rien. C'est vrai, je vous le jure, je n'ai jamais rencontré personne. Il faut dire que j'y allais toujours la nuit.

— Pourquoi la nuit?

— C'est monsieur de Pourceaugnac qui l'exigeait. Il disait que ça ne servait à rien d'ameuter l'entourage. C'est vrai, les gens sont bien curieux par là.

— Donc, vous y alliez seul?

— Je n'avais pas le choix. Une fois j'avais essayé d'amener Julie, mais elle avait eu tellement peur des chiens qu'elle s'était embarrée dans le camion.

— Quels chiens?

— Deux gros chiens laids avec des crocs longs de même! Moi, je n'en avais pas peur vu que les deux chiens me reconnaissaient, mais Julie, elle…

— Ces chiens avaient-ils été spécialement dressés pour attaquer?

— Je comprends! Un jour, ils ont même failli sauter sur moi, juste parce que j'avais oublié d'éteindre les lumières du camion avant d'entrer dans le petit rang croche.

— Pourquoi deviez-vous éteindre les lumières?

— Pour que personne puisse me voir. Monsieur de Pourceaugnac était très pointilleux là-dessus. Chez eux aussi, il fallait que j'arrive à la noirceur.

— Et quels genres de livres transportiez-vous dans ces boîtes-là?

— Des vieux livres qu'il prétendait mettre au pilon.

— Vous ne lui posiez jamais de questions?

— Jamais, ce n'était pas de mes affaires, même si je le soupçonnais de les revendre par en arrière.

— Qu'est-ce qui vous permettait de penser ça?

— Quand j'y retournais, quelques jours après, l'entrepôt était toujours vide!

Voilà, l'abcès était crevé et rien au monde ne pouvait plus empêcher Félix Lampron de se vider le cœur. Affaibli, épuisé, il a enfin accepté de s'asseoir.

— Et si nous en revenions au soir du crime?

— Ce soir-là, monsieur de Pourceaugnac m'avait demandé d'aller porter trente boîtes de livres dans son garage.

— Il me semble que ça fait beaucoup de livres, ça, non?

— Oui, mais des fois j'en transportais beaucoup plus que ça!

— Et vous vous êtes présenté chez monsieur de Pourceaugnac à quelle heure?

— Dix heures et quart, dix heures et demie...

— Monsieur de Pourceaugnac était-il seul?

— C'est sûr, puisqu'il s'était habillé en femme!

— Cela ne vous a pas surpris?

— Quoi? Qu'il soit habillé en femme? Non, pas du tout. J'étais habitué. Vous pensez bien que, depuis le temps, je l'avais vu dans toutes les situations possibles.

— Donc, vous arrivez... monsieur de Pourceaugnac est seul... et il est habillé en femme!

— C'est ça! J'ai déchargé mon camion et puis j'ai demandé à monsieur de Pourceaugnac si je pouvais lui parler cinq minutes. Il a d'abord hésité, puis il m'a fait entrer.

— Que faisait-il?

— Il était en train de lire un manuscrit. Il y avait des feuilles éparpillées partout.

— Éparpillées?

— Oui! C'était comme un genre de manie. Quand Igor n'aimait pas ce qu'il lisait, il froissait les feuilles en boules puis les lançait à bout de bras; j'imagine que ça le défoulait!

— Que s'est-il passé ensuite?

— Il m'a offert de m'asseoir, mais je lui ai dit que je préférais rester debout. Il m'a demandé ce que je lui voulais. Je pense qu'il avait peur que je lui demande de l'argent.

— Et vous vouliez lui demander quoi, au juste?

— Une faveur, une grande faveur pour notre fils, Grégory...

Incapable de continuer, Félix Lampron a fondu en larmes. Le sergent Mayrand a commandé deux cafés, puis il a attendu patiemment que son témoin se ressaisisse.

— Je ne sais pas si vous le saviez, mais Grégory n'était pas mon fils!

— Ah non?

— Non. Il était le fils d'Igor de Pourceaugnac. Je ne le savais pas, moi non plus; je viens de l'apprendre ça ne fait pas longtemps. C'est Julie qui me l'a avoué, quand les médecins nous ont annoncé que Grégory avait la leucémie. Pauvre Julie! Vous auriez dû la voir avec ses beaux grands yeux pleins de larmes. Elle me demandait pardon. Vous vous rendez compte? Elle me demandait pardon, à moi qui n'avais jamais pu lui donner un autre enfant.

— Et pourquoi votre femme vous a-t-elle tout avoué à ce moment-là, précisément?

— Parce que Grégory pouvait avoir besoin d'une greffe de moelle. Et comme celle de Julie n'était pas compatible, j'ai tout de suite proposé la mienne. C'est pour ça que Julie m'a avoué que Grégory n'était pas mon fils et que la seule personne susceptible d'être donneur était Igor de Pourceaugnac... à condition qu'il soit compatible. Mais, ça, pour le savoir, il aurait fallu qu'Igor accepte de passer des tests. C'est de ça que je voulais lui parler, vous comprenez?

— Pourquoi votre femme ne l'a-t-elle pas approché elle-même?

— Elle avait essayé de lui en parler quelques jours avant, mais Igor l'avait rabrouée en pensant qu'elle aussi elle était venue pour lui demander de l'argent.

— Lui en avait-elle déjà demandé?

— Quoi? De l'argent? Jamais de la vie! J'aurais aimé mieux quêter que de lui demander de l'argent!

— Et, ce soir-là, comment monsieur de Pourceaugnac a-t-il réagi?

— Tout de suite il est monté sur ses grands chevaux en prétendant que je n'avais aucune preuve de sa pater-nité. Alors j'ai insisté en ajoutant que ma démarche se voulait pacifique et que le seul sentiment qui me poussait à agir de même, c'était l'amour inconditionnel que je portais à cet enfant-là, que je considérais malgré tout comme mon fils. Mais...

Étranglé par ses sanglots, le témoin venait de se taire subitement, comme un appareil dont les piles viennent de flancher. Habitué aux pannes d'émotion, le sergent Mayrand s'affairait patiemment en attendant que le courant

265

revienne. Félix Lampron s'est mouché, puis il a repris son témoignage exactement où il l'avait laissé.

— Mais monsieur de Pourceaugnac s'est mis à me crier par la tête. Jamais je ne l'avais vu dans un état pareil.

— Et vous, dans quel état étiez-vous?

— Moi, j'étais bouleversé. Incapable de lui tenir tête, je lui ai lancé quelques injures, juste pour lui prouver que je n'avais pas peur de lui. C'est à ce moment-là qu'il a saisi un revolver qui traînait sur la table près de l'entrée. Je ne l'avais pas vu avant, sans ça vous pensez bien que je me serais méfié.

Le sergent Mayrand fouille dans son tiroir.

— Était-ce celui-là?

— Oui, je crois bien, mais je ne l'ai pas vu d'assez proche pour le jurer.

— C'est parfait, continuez!

— Tandis que monsieur de Pourceaugnac pointait son arme dans ma direction, moi, je marchais à reculons, en espérant me réfugier dans mon camion le plus vite possible.

— Monsieur de Pourceaugnac a-t-il essayé de vous tirer dessus?

— Non! Il se contentait de me viser, mais, comme je savais qu'il était bon tireur, j'ai préféré ne pas prendre de risque. Une fois à l'abri dans ma cabine, je suis parti à toute vitesse, sans même essayer de me retourner. Je n'avais pas fait deux cents mètres quand j'ai entendu le premier coup de feu.

— Dites-moi, monsieur Lampron, vous avez entendu combien de coups de feu ?

— Deux ! C'est pour ça que j'ai pensé qu'il avait tiré en l'air !

La tête cachée entre ses mains, Félix Lampron n'arrivait plus à contrôler ses larmes. Le sergent Mayrand s'est rapproché en lui parlant presque à l'oreille.

— Monsieur Lampron, pourquoi avez-vous décidé de venir me parler aujourd'hui ?

— Parce que mon fils est mort cette nuit !

29

Tard dans la soirée, le sergent Mayrand s'interrogeait encore. Les témoignages qu'il avait comparés avec les rapports d'autopsie et de balistique tissaient la trame d'une énigme qu'il commençait à peine à déchiffrer.

Félix Lampron était formel : seulement deux coups de feu avaient été tirés. Or, le revolver de calibre 38 retrouvé quelques jours plus tard dans la haie de cèdres du voisin était sans aucun doute l'arme du crime. Mais, contredisant ce témoignage, il y manquait *quatre* balles, dont trois avaient été retrouvées dans le corps d'Igor de Pourceaugnac et la quatrième… dans celui du chat.

Cette arme enregistrée appartenait à Damasse Rinfrette qui devenait de ce fait le premier suspect. Mais après avoir vérifié son alibi, d'abord auprès de sa femme, ensuite auprès du barman et des quelques clients qui avaient partagé sa beuverie, le sergent Mayrand en arrivait à la conclusion qu'à l'heure du crime Damasse Rinfrette était à la taverne et qu'il était trop soûl pour assassiner qui que ce soit.

Quant à Ginette Corbeil, dont les empreintes sur l'arme étaient les plus récentes, tous les témoins affirmaient qu'elle était au bar à vingt heures et juraient qu'elle y était restée jusqu'à la fermeture. Pourtant, malgré cet alibi, le sergent Mayrand a décidé de l'interroger à nouveau.

— Aye! Laissez-moi tranquille, je connais la place, O.K.!

Encore maquillée pour la scène, Ginette Corbeil avait à peine eu le temps d'enfiler son jean et de passer un chandail avant d'être emmenée par les policiers qui, par prudence, avaient décidé de la menotter.

— Otez-moi ça, cristie, ça me coupe la peau!

Le sergent Mayrand a donné des ordres et les policiers ont détaché Ginette qui s'est assise devant lui en écartant les jambes.

— Que c'est que tu me veux encore?
— J'ai besoin de vérifier certains détails.
— Quels détails? Je t'ai toute dit… toute!
— Je veux bien vous croire. Toutefois, il reste encore un point obscur dont j'aimerais discuter avec vous.
— Si c'est de mon point «G» que tu parles, j'aime autant te dire qu'y est pas obscur pantoute!
— Madame, je vous en prie!
— O.K., O.K., c'était juste une farce!

Visiblement, Ginette Corbeil se donnait exprès une allure désinvolte pour éviter d'être piégée.

— Madame Corbeil, quel genre de relation entreteniez-vous avec Damasse Rinfrette ?

— Qu'est-ce que tu veux dire ?

— N'est-il pas vrai que vous étiez, disons, des intimes ?

— C'est lui qui t'a dit ça ?

— Je vous pose la question : étiez-vous, oui ou non, intimes ?

— Ça dépend de ce que t'entends par intimes !

— Avez-vous déjà fait l'amour ensemble ?

— Non, mais, de quoi je me mêle ?

Elle le toisait si effrontément que le sergent Mayrand ne savait plus où se mettre. Il tripotait ses feuilles et cherchait la question qui allait déclencher chez Ginette un élan de vérité.

— J'ai jamais couché avec lui, si c'est ça que tu veux savoir. Je suis pas une putain, moi ! Je couche jamais avec les clients.

— Excusez-moi mais je ne comprends pas certaines nuances ; je vous en prie, expliquez-moi.

— Ben, je le caressais pour le mettre en forme et puis je dansais devant lui comme je le fais devant tout le monde.

— Et après ?

— Après, ben, des fois je lui faisais une petite passe ; c'était ben normal, au prix qu'y payait !

— Il vous payait combien ?

— Deux cents, trois cents, ça dépend... Quand on jouait aux chiens, c'était plus cher !

— C'est ce que vous faisiez quand monsieur de Pourceaugnac vous a surpris ?

— Qui c'est qui t'a dit ça ?

Le sergent Mayrand ne répond pas et choisit plutôt de faire diversion.

— Vous saviez qu'il était armé ?

— Qui ça ?

— Damasse Rinfrette.

— Il l'était tout le temps !

— Pourquoi ?

— Parce qu'il avait peur de se faire voler !

— Pourtant, le soir du crime, il avait déposé son revolver sur la table, dans le vestibule.

— Je le sais, c'est moi qui l'avais pris. Il voulait qu'on s'amuse avec, mais j'avais peur. Il disait qu'il n'y avait pas de danger, qu'on n'avait rien qu'à ôter les balles... toutes les balles, moins une ; paraît que ça se fait, des fois, rien que pour le *thrill*.

— En somme, il voulait jouer à la roulette russe !

— Aye ! toi aussi, tu connais ça ?

Ginette regardait le sergent Mayrand avec un air presque complice. Il n'en avait pas l'air, comme ça, mais il connaissait la roulette russe ; elle le trouvait déjà plus sympathique.

— Donc, si je vous suis bien, Damasse Rinfrette s'amène chez Igor de Pourceaugnac avec une arme chargée à bloc. Comment avez-vous fait pour le désarmer ?

— Je lui ai dit que, s'il ne voulait pas me donner son arme, je ne jouerais pas de partie de fesses avec lui !

— Et il a obéi ?

— Pas tout de suite. J'ai été obligée de jouer avec un peu…

— Avec lui ?

— Non, avec l'arme !

— Vous avez joué avec une arme à feu ?

— J'étais obligée, sans ça j'aurais pas eu mon *cash* !

— Que s'est-il passé ensuite ?

— Ensuite, ben, j'ai attendu que Damasse soit très, très excité, puis, quand j'ai senti qu'il était mûr, j'ai déposé le revolver sur la table et puis on est montés dans la chambre…

— C'est là que monsieur de Pourceaugnac vous a surpris !

Quand Ginette a soupiré en baissant la tête, le sergent Mayrand a compris qu'en extrapolant il avait visé juste.

— Était-il seul ?

— Qui ça, Igor ?

— Oui.

— Non, il était avec Roger Duquette.

— Son comptable ?

— Je dirais plutôt son homme de bras ! T'aurais dû le voir sortir Rinfrette, cul par-dessus tête, sans même lui laisser le temps de rattacher son pantalon.

— Et vous?

— Moi, je me suis poussée par la porte d'en arrière puis je me suis rendue au club.

Le sergent Mayrand essayait de rattacher les faits en dessinant quelques schémas sur un bout de papier. Ce soir-là, plusieurs témoins le confirmaient, Igor de Pourceaugnac était rentré chez lui en compagnie de Roger Duquette. Les deux hommes avaient surpris Ginette Corbeil en train de jouer aux chiens avec Damasse Rinfrette, et Roger Duquette s'était chargé de sortir Damasse qui s'était sauvé à toutes jambes en oubliant son revolver pendant que Ginette Corbeil sautait dans sa voiture pour aller se réfugier au *Crazy Love*.

Ensuite, en consultant certains documents, on peut aisément supposer que monsieur de Pourceaugnac, aidé de son comptable, essayait désespérément de trouver le moyen de récupérer les subventions gouvernementales qui venaient de lui être retirées, et qu'ils avaient discuté durant quelques heures puisque Roger Duquette affirmait avoir quitté les lieux au début de la soirée.

Enfin seul à la maison, Igor de Pourceaugnac serait allé revêtir sa robe mauve avant de s'installer pour lire le manuscrit qu'Anaïs Blain lui avait remis dans la matinée. Or, certains détails permettent de supposer que l'éditeur n'appréciait pas le portrait que la romancière dressait de lui puisque Félix Lampron a déclaré que des papiers froissés s'accumulaient sur le plancher. Ce dernier témoin a également mentionné qu'Igor de Pourceaugnac paraissait de mauvais poil et l'avait assez mal reçu. Les deux hommes en sont venus à se disputer et Igor de Pour-ceaugnac se serait emparé de l'arme de Damasse Rinfrette pour menacer Félix Lampron, qui affirme avoir entendu deux coups de feu en se sauvant dans son camion.

— Madame Corbeil, selon nos rapports, monsieur de Pourceaugnac, qui était, semble-t-il, très en colère, se serait d'abord défoulé en tirant sur le chat. Puis il aurait retourné l'arme contre lui et se serait tiré une balle en plein cœur. Balle qui, toujours selon ces rapports, aurait ensuite traversé l'épaule gauche avant d'aller se loger dans le cadre de porte.

— Tu vois ben que j'ai rien à voir là-dedans !

— Jusque-là, la chose me paraît tout à fait probable. Seulement, voilà le hic : deux autres balles ont été tirées ! Par qui ? Je vous le demande.

— Comment veux-tu que je le sache ?

Incapable de se contrôler, Ginette cherchait nerveusement ses cigarettes. Le sergent Mayrand a appelé un policier.

— S'il vous plaît, apportez une cigarette à madame.

Dès la première bouffée, Ginette s'est sentie à l'abri, comme si un écran de fumée l'avait rendue invisible. Le sergent Mayrand l'observait en prenant tout son temps…

— Madame Corbeil, comment avez-vous découvert le corps d'Igor de Pourceaugnac ?

Soudain, Ginette s'est mise à claquer des dents. Elle tentait de résister puis, finalement, elle a craqué…

Elle affirmait n'avoir rien remarqué, si ce n'est le mince filet de lumière qui éclairait le balcon par la porte entrouverte. Elle a pensé : «Igor n'est pas couché, il doit être en colère», puis elle a garé sa voiture comme elle le faisait chaque soir, c'est-à-dire de travers, sans s'occuper des balises phosphorescentes qui délimitent, en hiver, les contours du terrain.

Pressée de rentrer, elle a grimpé le perron en courant, mais, à la dernière marche, elle a manqué le pas et a failli s'écraser sur le cadavre de son amant qui gisait là, sur le paillasson, le corps à moitié recouvert de neige. Trop choquée pour réagir, elle s'est alors figée sur place. Tremblant de tout son être, elle regardait Igor avec stupéfaction, sans même oser s'agenouiller pour lui fermer les yeux. C'est à ce moment-là qu'elle a remarqué son chat...

— L'écœurant, il avait tué *mon* chat!

Prise de panique, elle s'est mise à crier de toutes ses forces, mais la rue était déserte et personne ne pouvait l'entendre.

— C'est là que j'ai aperçu le revolver...

Ginette renifle en s'essuyant le bout du nez avec la manche de son chandail.

— Je l'ai ramassé, puis le coup est parti. Je voulais pas tirer! C'est vrai, je te le jure! Je voulais pas! Mais la balle lui avait déjà transpercé la cuisse. Et puis là, ben, j'ai pensé à mon chat. C'est juste pour venger mon chat que j'y ai tiré une autre balle dans le ventre...

Ginette s'étouffe dans ses sanglots.

— De toute façon, il était mort! Qu'est-ce que ça pouvait bien lui faire... une balle de plus, une balle de moins?

— Et qu'avez-vous fait ensuite ?

— Ensuite, j'ai lancé l'arme, le plus loin que j'ai pu.

— Et après ?

— Après, ben, je suis entrée dans la maison, j'ai décroché le téléphone puis j'ai pesé sur un des numéros en mémoire pour crier à quelqu'un que j'avais tiré sur Igor… Ensuite, j'ai raccroché puis j'ai composé le 9-1-1.

Quand les policiers sont arrivés, une femme terrifiée les attendait sur le balcon avec un chat mort dans les bras.

— L'écœurant ! L'écœurant ! Il avait tué mon chat !

Épuisée, Ginette Corbeil ne se débat plus. La tête penchée par en avant, elle pleure tout doucement en mordillant le bout de son pouce.

— Venez, madame, suivez-nous.

Sans résister, Ginette se laisse entraîner par les policiers tandis que le sergent Mayrand ramasse tranquillement ses affaires en suçant une pastille à la menthe pour tenter d'apaiser ses brûlures d'estomac.

30

Une fois l'affaire De Pourceaugnac classée, le sergent Mayrand n'avait plus aucune raison de revenir en arrière. Et, n'eût été le sentiment troublant qu'il avait éprouvé en rencontrant Anaïs Blain, jamais il n'aurait ressenti le besoin de se rapprocher davantage du milieu littéraire. Mais, depuis le bref entretien qu'il avait eu avec elle, le sourire de l'écrivaine l'obsédait.

À cinquante-cinq ans, après trente-deux années de bons et loyaux services, le sergent Mayrand, qui dans le civil s'appelait Alfred, pouvait enfin envisager une retraite passionnante que, dans ses rêves les plus fous, il se plaisait à partager avec une écrivaine dont il devenait chaque jour plus amoureux. Au début, bien sûr, il refusait d'y croire, mais à mesure que le temps passait, ce sentiment s'intensifiait. Chaque matin, en se rasant, il se disait : «C'est stupide!» puis il s'encourageait en se répétant : «Pourquoi pas?» Peu habitué à faire les premiers pas, le détective avait réduit sa vie sentimentale à quelques aventures sans lendemain qui ne servaient au fond qu'à amplifier sa solitude. Une solitude qu'il chérissait parfois parce qu'elle lui permettait d'exercer sa profession sans déranger personne, mais qu'il abhorrait souvent, surtout les soirs d'hiver quand il mangeait tout seul son repas froid devant la télévision.

Depuis qu'Anaïs avait frôlé sa vie, une lueur nouvelle illuminait son horizon : Alfred Mayrand vivait désormais pour une femme. Et s'il se promenait quelquefois, la nuit, devant chez elle, c'était en caressant l'espoir d'apercevoir un peu de lumière par la fenêtre de son bureau. Il se disait : «Elle écrit!» et s'imaginait assis près d'elle, juste pour le plaisir de la regarder faire. De temps en temps, l'Anaïs de ses rêves se tournait vers lui en souriant et lui tendait quelques feuilles manuscrites qu'il recevait comme un cadeau. Pris à son propre jeu, le sergent Mayrand faisait le guet parfois durant des heures. Et quand à l'aube il quittait sa rue, il avait l'impression d'avoir passé un long moment d'intimité avec sa romancière, unis comme par osmose dans un univers sacré qui leur appartenait.

Les jours passaient. Et plus le souvenir d'Anaïs s'estompait, plus la passion d'Alfred grandissait. Il l'aimait. Il avait mal à l'âme à force de rêver d'elle, et son travail s'en ressentait. Au bout d'un mois, n'y tenant plus, il a choisi de crever l'abcès. Profitant d'un bel après-midi de congé, il a osé se présenter chez elle, à l'improviste, avec des fleurs et des chocolats. En appuyant sur le bouton de la sonnette, il fredonnait «*Je vous ai apporté des bonbons...*» et se sentait parfaitement ridicule.

— Sergent Mayrand, quelle bonne surprise!

Contrairement à ses appréhensions, Anaïs paraissait plutôt contente de le recevoir. Et lui, qui se préparait d'avance à la trouver moins attirante, voilà qu'il craquait à nouveau pour ce beau visage sans artifices qui lui

rappelait un vieux portrait de Colette que sa tante con-
servait dans un livre, autrefois. Quand il lui a tendu les
chocolats, Anaïs l'a gratifié d'une moue gourmande et n'a
pas du tout paru vexée qu'il lui ait apporté des fleurs. Au
contraire, elle enfouissait son nez dans le bouquet pour
apprécier au maximum l'odeur discrète des œillets roses.

— C'est drôle, je vous croyais plus féministe.

— Qu'est-ce que vous voulez dire, sergent?

— Je ne sais pas, les fleurs... les bonbons...

Voyant qu'il rougissait, Anaïs s'est mise à rire en
cachant sa bouche avec sa main comme une enfant taquine
surprise en flagrant délit de gourmandise.

— Les chocolats, c'est mon péché mignon!

Ils restaient là, tous les deux, dans le vestibule. Lui,
craignant de s'imposer, elle, n'osant pas l'inviter. Et ils y
seraient peut-être restés longtemps si le téléphone n'avait
pas sonné.

— Excusez-moi, je reviens tout de suite... mais je
vous en prie, entrez... assoyez-vous!

En regardant Anaïs s'éloigner, Alfred Mayrand a
ressenti un fort pincement à la poitrine qui ressemblait à
la douleur sournoise qu'un amoureux ressent au moment
d'un adieu. C'est alors qu'il a compris que cette femme-
là lui était précieuse.

— Voilà, maintenant je suis à vous!

Quand Anaïs a dit «je suis à vous», le cœur d'Alfred
a fait un bond. Elle s'est assise en face de lui, dans la

berçante, en étalant le confortable cafetan de coton bleu qui semblait être en quelque sorte son costume de travail.

— Et alors, sergent, que me vaut l'honneur?

Il aurait voulu lui demander de l'appeler Alfred, mais il n'a pas osé.

— Je… je voulais vous dire que Ginette Corbeil a finalement été acquittée.

— C'est une bonne nouvelle.

— Et puis, je voulais vous inviter…

— M'inviter?

Certain que l'écrivaine allait refuser, Alfred Mayrand regrettait déjà sa témérité. Il fixait Anaïs sans pouvoir terminer sa phrase.

— Allons, sergent, vous vouliez m'inviter où?

— Au bal des policiers!

— Au bal des policiers?

Quand Anaïs s'est mise à rire, Alfred a cru que c'était foutu. Il se tenait sur la défensive.

— Sentez-vous bien libre. Je vous demandais ça comme ça, mais, si vous ne voulez pas…

— Moi? Mais au contraire, je suis ravie; figurez-vous que je n'ai pas dansé depuis une éternité!

— Vous aimez danser?

— J'adore!

— Moi aussi!

— Alors, j'espère que vous allez me faire valser jusqu'à m'en faire perdre la tête.

Alfred Mayrand ne demandait pas mieux.

— La dernière fois que j'ai fait quelques pas, c'était dans les bras d'Igor de Pourceaugnac, dans un hôtel, à Québec, après le salon du livre.

— Je sais que je vais vous paraître indiscret mais, avez-vous déjà été…

— Sa maîtresse? Non, même si des mauvaises langues l'ont répété.

Sans être jaloux, Alfred s'est senti soulagé. De son côté, Anaïs avait l'air heureuse. Telle une princesse de conte de fées, on l'invitait au bal. Bien sûr, son cavalier n'était pas le Prince Charmant, mais cet homme affable et plutôt séduisant lui paraissait assez intéressant pour la distraire le temps de quelques danses.

Après le bal, ils sont allés marcher et, encore grisés par le champagne, ils se sont laissé prendre au jeu des confidences. Quelques jours plus tard, Anaïs invitait à son tour le sergent Mayrand au lancement d'un polar qui racontait les dessous grenouillants de la pègre montréalaise des années cinquante. Réunissant les trois ingrédients indispensables à ce genre de publication : bordels, meurtres et tripots, ce roman publié par une maison d'édition concurrente promettait d'être le best-seller de la saison. Du moins c'est ce que prétendaient certains critiques qui, avant même de l'avoir lu, en parlaient déjà en termes dithyrambiques.

Le cocktail se tenait dans un salon privé du Casino. Peu encline à se mêler à la foule, Anaïs s'est empressée d'attirer Alfred dans un coin plus discret où il leur était enfin possible de bavarder en paix. Inspiré sans doute par l'atmosphère ambiante, Alfred s'est mis à raconter des anecdotes croustillantes qui ont tout de suite retenu l'attention d'Anaïs. Son imagination créatrice s'est mise en branle, et en moins de temps qu'il n'en faut pour le penser, l'écrivaine emballée était prête à lui exposer sa nouvelle idée.

— Imagine une collection spéciale réunissant des romans policiers qui, au lieu d'insister sur le crime, mettraient en valeur les sentiments profonds des personnages.

— C'est génial !

— Avec des intrigues tricotées serré qui permettraient au lecteur de jouer les détectives !

— Absolument génial !

Alfred Mayrand répétait le mot « génial ! » avec une telle conviction qu'Anaïs en arrivait à croire que sa formule était nouvelle. En un sens, elle l'était, car jamais personne auparavant n'avait établi ce que les initiés appellent familièrement un *concept* avec autant d'engouement, autant de fougue. Les yeux d'Anaïs brillaient du même feu que lors de sa première rencontre avec Igor de Pourceaugnac. Elle retrouvait l'enthousiasme débordant qui l'animait au tout début de sa carrière et devenait si convaincante qu'Alfred l'écoutait bouche bée, en oubliant complètement qu'il était lui-même détective.

— Serais-tu prêt à embarquer ?

Complètement abasourdi, Alfred Mayrand ne savait quoi répondre. Anaïs le suppliait du regard et cette flamme ardente qui pétillait au fond de ses yeux la lui rendait encore plus belle.

— Mais qu'est-ce que tu voudrais que je fasse?

— Que tu deviennes mon conseiller. C'est ton métier, non?

Alfred se contentait de caresser la joue d'Anaïs sans répondre, tandis qu'une petite voix intérieure lui soufflait : «Allez, dis oui, tu en meurs d'envie!» Voyant qu'il hésitait encore, Anaïs s'est permis d'insister.

— Alors, Alfred, qu'est-ce que tu en dis?

— Tu peux compter sur moi.

— C'est oui?

— C'est oui!

Trop fébrile pour aller dormir, Anaïs a pris l'initiative d'inviter Alfred à monter chez elle. Un cognac à la main, ils se sont allongés sur le canapé-lit du salon pour admirer dans la pénombre la petite rue de la Commune et les abords du Vieux-Port presque déserts à cette heure tardive. Pour être plus à l'aise, Alfred a passé son bras autour du cou d'Anaïs. Elle a posé sa tête sur son épaule et le temps s'est arrêté. Ils étaient bien, ils avaient chaud. L'effet du cognac s'estompait et le ciel brouillé pâlissait tout doucement quand, dédaignant le paysage, ils se sont mis à faire l'amour en s'effleurant du bout des lèvres.

31

Quand Anaïs Blain s'est présentée à la maison d'édition avec son attaché-case à la main, elle paraissait si emballée qu'en blaguant Marie lui a demandé si elle était amoureuse. Ignorant sa question, Anaïs a déposé une chemise en carton sur le bureau de son associée avec un petit air triomphant.

— J'ai un nouveau projet à proposer !

— Ça a l'air excitant.

— Excitant, mets-en, je n'ai pas fermé l'œil de la nuit !

— C'est donc pour ça que tu as les yeux bouffis ?

— Pour ça et pour autre chose…

— J'avais donc deviné juste ?

— Peut-être !

— Non, c'est vrai ? Tu es amoureuse ?

Pour toute réponse, Anaïs s'est contentée de sourire. Déjà, dès leur première rencontre, le charme d'Alfred

Mayrand l'avait irrésistiblement attirée. Son parfum, son regard, sa voix, tout chez cet homme la fascinait, la bouleversait même. Pour la première fois depuis des lunes, Anaïs se surprenait à rêvasser sans arrêt, comme une adolescente qui vient de tomber amoureuse de son professeur de français.

Au début, elle avait essayé de se raisonner en se répétant qu'elle avait passé l'âge des coups de foudre, mais depuis qu'Alfred Mayrand lui avait fait comprendre que ses sentiments n'étaient pas à sens unique, Anaïs ne songeait qu'à faire demi-tour pour rattraper le temps perdu.

— Et alors, ma chérie, je le connais ?
— Oui, mais tu ne devineras jamais !

En apprenant que l'heureux élu était Alfred Mayrand, Marie Masson s'est mise à rire.

— Je ne sais pas pourquoi, mais j'ai du mal à imaginer que tu puisses être amoureuse d'un détective !
— Tu ne trouves pas que c'est un homme charmant ?
— Le plus charmant du monde, assurément !
— Marie, je t'en prie, cesse de te moquer !

Les deux femmes badinaient encore quand René Masson les a rejointes.

— Peut-on rire avec vous, mesdames ?
— Mais oui, mon chéri, entre ! Anaïs venait nous présenter un tout nouveau projet.

René, qui avait toujours eu un faible pour les romans d'Anaïs Blain, se préparait déjà à l'écouter avec enthousiasme quand Marie a suggéré qu'ils aillent s'installer dans la salle de conférences.

— Nous y serons beaucoup mieux pour discuter.

C'est alors que René a proposé de convoquer le reste de la bande. D'abord Marquise, qui s'occupait depuis peu de la nouvelle collection Peau d'Âne, puis Muriel qui, en plus d'être une correctrice d'épreuves efficace et diplomate, s'avérait une conseillère avisée lorsqu'il s'agissait de prendre des décisions importantes.

En entrant dans la grande pièce, Anaïs a eu l'agréable surprise de constater qu'elle avait été fraîchement redécorée et libérée du même coup de la caméra de surveillance qui rappelait l'omniprésence d'un certain Igor de Pourceaugnac.

— Dis donc, Marie, tu m'avais caché ça, ma vlimeuse !

— Je voulais te faire une surprise !

Les murs autrefois tristes et sombres avaient été repeints d'un jaune très doux et les tentures de velours, remplacées par des stores assortis qui créaient dès l'entrée une impression d'espace. Un éclairage tamisé, des plantes à profusion et quelques tableaux bien choisis complétaient un décor élégant dont Marie avait visiblement soigné tous les détails.

— Je souhaitais que chacun de nous s'y sente chez soi.

— C'est réussi ! Et je constate que tu nous as enfin débarrassés de l'affreuse table de chêne.

— Ruth Lanteigne l'a reprise.

— Bon débarras! De toute façon, elle encombrait la place.

— Elle prétendait qu'elle lui appartenait, de même que les gros fauteuils de cuir qui l'entouraient. Et comme je n'avais aucune preuve du contraire, je l'ai laissée partir avec.

— Ça va peut-être la tenir tranquille.

— C'est ce que je me suis dit!

Pour remplacer les anciens meubles, Marie avait choisi deux tables de verre et des fauteuils confortables recouverts d'un tissu imprimé qui rappelait par touches les couleurs des aquarelles.

— Sais-tu que tu pourrais aisément te recycler dans la décoration?

— Ma pauvre Anaïs, si tu savais le nombre de revues que j'ai feuilletées pour éviter de mourir d'ennui!

Sentant qu'une lueur de tristesse risquait d'assombrir son regard, Marie s'est retournée vers Anaïs.

— Et si tu nous parlais de ton fameux projet.

— J'aimerais créer une nouvelle collection!

— Une nouvelle collection?

— Oui, Marie! Mais, pour y arriver, j'aurai besoin de la collaboration de tout le monde.

Marquise, Muriel et René se sont rapprochés, déjà prêts à s'engager avant même qu'Anaïs leur ait présenté son dossier. Enfin il allait se passer quelque chose dans cette maison où depuis des années la moindre initiative était tout de suite réprimée!

— Il s'agit d'un nouveau concept…

Marquise et Muriel s'en réjouissaient tandis que, de leur côté, René et Marie étudiaient sérieusement le projet et vérifiaient certains détails sans dire un mot, ce qui donnait à Anaïs la désagréable impression d'être sur la sellette.

— Personnellement, je trouve cette idée-là absolument emballante!

Cette simple opinion exprimée par René venait de faire à Anaïs le même effet que le verdict positif du comité de lecture qu'Igor de Pourceaugnac lui avait transmis après la présentation de son premier manuscrit. La réplique de Marie allait cependant lui donner une douche froide.

— C'est un bon projet, mais je ne crois pas que nous puissions envisager de l'entreprendre avant au moins un an.

— Un an? Tu voudrais repousser mon projet d'un an?

Par hasard ou par un inexplicable jeu de rôles, Anaïs se retrouvait soumise à la décision arbitraire de Marie qui, sans doute inconsciemment, venait d'agir exactement comme Igor le faisait autrefois quand il abusait de son autorité pour contrôler son entourage. Pendant ce temps, René fixait les motifs du tapis pour éviter de croiser le regard d'Anaïs qui cherchait un allié capable de soutenir son point de vue. Voyant qu'il se défilait, Anaïs a décidé de se défendre toute seule.

— Je sais que tu n'es pas de mauvaise foi, Marie, mais ton attitude me déçoit. J'espérais tellement pouvoir lancer cette nouvelle collection en septembre!

— Excuse-moi, Anaïs, je ne voulais surtout pas te blesser, mais à moins que tu puisses nous fournir un super manuscrit sur-le-champ, je ne vois pas comment nous pourrions mettre au point ce projet-là pour l'automne. As-tu déjà approché certains auteurs?

— Pas encore, j'attendais de vous en parler.

Muriel et Marquise se regardaient avec un air désolé. Au bout d'un long silence, Marquise a décidé de briser la glace.

— Si tu veux, Marie, je pourrais lui donner un coup de main. Nous pourrions tout au moins essayer!

— Crois-tu vraiment que la collection Peau d'Âne soit suffisamment rodée pour que nous puissions nous permettre d'en démarrer une autre?

— D'ici un mois, aucun problème!

— Et toi, Muriel, qu'est-ce que tu en penses?

— Oh moi, pourvu que je reçoive le premier manuscrit à la mi-juin.

— Dans ce cas, Anaïs, je m'incline et te laisse carte blanche!

— Écoute, donnons-nous quelques semaines. Si ma nouvelle collection peut être lancée à l'automne, tant mieux, sinon je m'inclinerai à mon tour et nous reporterons le tout à l'année prochaine.

René, qui depuis tout à l'heure écoutait sans rien dire, essayait de trouver une question pour entraîner la conversation sur un sujet plus divertissant.

— Et qui la dirigera, cette fameuse collection?
— J'avais pensé au sergent Mayrand.

Du coup, René a failli s'étouffer. L'idée de l'arrivée inopinée d'un deuxième mâle dans son harem le dérangeait beaucoup plus qu'il ne l'aurait cru.

— Crois-tu vraiment qu'un policier pourrait faire un bon directeur de collection?
— S'il est bien encadré, pourquoi pas? D'autant plus qu'Alfred…
— Tiens, tiens, elle l'appelle Alfred, maintenant!

Marquise, qui avait sauté sur l'occasion de taquiner Anaïs juste pour le plaisir de la voir se défendre, s'amusait maintenant de l'entendre bafouiller.

— Je… je voulais dire… le sergent Mayrand! Donc, j'ai pensé que le sergent Mayrand avait certainement plus de compétence que nous lorsqu'il s'agit de détricoter des intrigues policières.
— Et tu crois qu'il acceptera, ton *Alfred*?

Quand Marquise a répété le prénom d'Alfred avec insistance, Anaïs a éclaté de rire.

— D'accord, d'accord, aussi bien vous le dire tout de suite, puisque de toute façon vous finirez bien par l'apprendre, Alfred et moi sortons ensemble… Mais, de grâce, n'allez pas nous marier tout de suite!

Anaïs s'est levée et chacun s'apprêtait à quitter la pièce quand la porte s'est ouverte brusquement.

— Allô, tout le monde! Je viens vous montrer ma petite poupoune!

Rayonnante de bonheur, Julie Poitras serrait dans ses bras son nouveau bébé, une petite Chinoise aux yeux bridés qu'elle avait prénommée Cosima.

— On l'a ramenée lundi passé. Elle est belle, hein?

La nouvelle mère paraissait si heureuse que Marie, qui avait été la marraine du petit Grégory, s'en trouvait toute chavirée.

— S'il te plaît, Julie, laisse-moi la prendre!

— J'aimerais que René et toi soyez ses parrain et marraine à elle aussi.

— Ce sera avec joie, n'est-ce pas, René?

— Certain! Je pense même que je t'en aurais voulu si tu avais choisi quelqu'un d'autre!

De loin, Félix observait la scène en se félicitant d'avoir convaincu sa femme d'adopter une enfant, non pas de remplacement, mais de prolongement. Cette petite Cosima était porteuse de vie et ne demandait qu'à être aimée.

— Je te dis que c'est pas demain que tu vas pouvoir lui faire des tresses!

Muriel caressait du bout des doigts les épis raides et touffus qui recouvraient le crâne de cette petite merveille orientale que Félix considérait déjà comme sa propre fille parce qu'elle avait les cheveux noirs comme lui. Soudain, Marquise a consulté sa montre.

— Mon Dieu! Il faut que je parte, Olga et Marie-Olga m'attendent à la maison pour dîner.

En constatant que Marquise venait de quitter la place librement, sans rendre de comptes à personne, Julie s'est tournée vers Anaïs.

— Vous ne sortez donc plus en caravane?

— Non! Et personne ne s'en plaint, crois-moi!

Sous le règne de Marie, le contrôle rigoureux qu'exerçait autrefois Igor de Pourceaugnac avait perdu sa raison d'être et chacun était libre désormais d'aller et de venir à sa guise, pourvu qu'il respecte son horaire de travail.

Tandis que tout le monde se regroupait autour de sa fille, Julie se promenait dans la pièce en observant tous les détails de la nouvelle décoration. La sentant fragile, Anaïs s'est approchée et l'a prise tout doucement par le bras.

— Tu ne peux pas savoir ce que ça me fait de me retrouver ici!

— En tout cas, moi, ça me fait grandement plaisir de te revoir!

— J'ai pensé souvent à venir vous voir, mais j'avais tellement peur de me retrouver face à face avec le fantôme de...

— Chut! Comme tu vois, il n'y a plus de fantôme. Nous l'avons d'abord effrayé, puis nous l'avons chassé!

Au même moment, Marie s'est jointe à elles et les trois femmes se sont mises à discuter de mise en marché et de projets de publicité pour le lancement de la nouvelle collection. Prise au jeu, Julie s'est surprise à s'enflammer pour l'idée d'Anaïs.

— On pourrait organiser une conférence de presse et…

Sans finir sa phrase, Julie s'est mise à rigoler.

— Regarde donc ça si c'est bête, je suis là qui parle comme si ce projet-là me concernait!

Toujours vite en affaires, Marie s'est tournée vers Julie.

— Penses-tu revenir travailler bientôt?
— Où ça?
— Ici.
— Ici? Travailler avec toi? Avec vous?
— Pourquoi pas?
— Oh ça, c'est sûr, ça me ferait du bien! Ça me changerait les idées. J'aime beaucoup Cosima, mais je pense encore très souvent à Grégory.

En prononçant le prénom de son fils, les beaux yeux de Julie se sont embrouillés de larmes qu'elle s'est empressée d'essuyer en s'étonnant qu'il lui en reste encore.

— Si je revenais travailler avec vous…

Constatant avec bonheur que Julie semblait vraiment intéressée, Anaïs a pris la relève.

— Si tu revenais travailler avec nous, tu nous rendrais un fichu service, pas vrai, Marie ?

— Pour ça oui !

— Surtout que les bonnes attachées de presse, ça ne court pas les rues !

— Écoutez, si c'est possible, du moins au tout début, je préférerais travailler directement de chez moi.

— Je crois bien que ça pourrait s'arranger. Et toi, Anaïs, qu'est-ce que tu en penses ?

— Je n'y vois aucun inconvénient !

— Pourras-tu au moins assister quelquefois à nos réunions ?

— Ne t'inquiète pas, Marie, je m'arrangerai !

— Et le bébé ?

— Je suis sûre que Félix se fera une joie de la garder. Après tout, elle est à nous deux, cette enfant-là !

Sur ces mots, Julie s'est éloignée pour aller rejoindre son mari qui se dirigeait vers la sortie en transportant fièrement Cosima sur son ventre.

32

Les Éditions Prosaïques
ont le plaisir de vous inviter
au lancement de leur nouvelle collection,
«Affaires classées»,
sous la direction de
Monsieur Alfred Mayrand

À peine avait-elle décacheté l'enveloppe que Gertrude Corriveau se précipitait en courant dans le bureau de maître Soulard en brandissant la carte grise sur laquelle étaient gravées en lettres d'or les nouvelles initiales de la maison d'édition.

— Regardez ce que nous venons de recevoir!

Soucieux et préoccupé par mille autres choses, le notaire Soulard relisait le carton d'invitation pour la troisième fois sans trop comprendre pourquoi Gertrude affichait cet air scandalisé.

— Voyons, réfléchissez un peu : Les Éditions Pro-saïques, c'est la nouvelle raison sociale des Éditions De Pourceaugnac ! J'en avais entendu parler, mais je ne pensais jamais que Marie oserait lui faire un affront pareil. Pauvre Igor ! Et cet Alfred Mayrand, ça ne vous rappelle rien ?

Menton tendu, bouche crispée, Gertrude Corriveau interrogeait le notaire Soulard avec autorité.

— Allons, maître, faites un effort : le sergent Mayrand, de la brigade criminelle…

— Celui qui était chargé d'enquêter sur la mort d'Igor ?

— Exactement !

— Êtes-vous bien certaine que ce soit lui ?

— Absolument ! Et je me suis même laissé dire qu'il était l'amant d'Anaïs Blain !

— Qui vous a dit une chose pareille ?

— Ruth Lanteigne.

— Vous n'allez tout de même pas croire cette menteuse ?

— Elle le tenait de source sûre.

— Qu'importe, moi, à votre place, je me méfierais.

Les événements des derniers mois avaient rendu Michel Soulard excessivement prudent. Il se méfiait de tout le monde et plus particulièrement de son ancienne associée qu'il avait écoutée avec une confiance aveugle.

À peine les premiers contrats signés, Ruth Lanteigne s'était emparée du projet des Laurentides et s'était acoquinée avec un groupe de motards sérieusement intéressés à s'installer dans la région, à condition, bien sûr, que l'endroit demeure suffisamment privé pour qu'ils puissent vaquer à leurs occupations sans risquer d'être importunés par les voisins ou la police. Conscient des implications d'une telle entreprise, maître Soulard avait tout de suite rejeté cet accord, contrecarrant ainsi les plans de la femme-panthère qui s'était déjà compromise auprès du dirigeant de la bande, dont elle était tombée follement amoureuse. Quelques jours plus tard, des fiers-à-bras se sont présentés sur le chantier pour une petite visite-surprise. Saccageant tout sur leur passage, ils intimidaient les ouvriers en les menaçant de représailles s'ils n'obéissaient pas à leurs consignes. Maître Soulard a d'abord cru qu'il s'agissait d'une bonne blague, mais il a vite changé d'avis quand, le soir même, tous les bâtiments déjà en construction se sont envolés en fumée. Dès le lendemain, le notaire, effrayé, cédait ses parts à Ruth Lanteigne et perdait du même coup tout l'argent qu'il avait investi.

Heureusement, il lui restait Gertrude, sa «fidèle collaboratrice» qui, depuis qu'elle était à son service, se pointait au travail dès huit heures pour pouvoir préparer le petit-déjeuner du notaire, qu'elle appelait toujours «maître» avec un respect teinté de vénération. Ensuite, elle passait l'aspirateur, nettoyait la salle de bains, époussetait partout, puis guettait par la fenêtre l'arrivée du patron. Aussitôt que la voiture de Michel Soulard tournait au coin de la rue, elle branchait la cafetière et s'empressait de déposer le journal sur son bureau. Après le souper, Gertrude continuait sur l'erre d'aller : elle se tapait la lessive du notaire, repassait ses vêtements et se faisait un devoir d'aller promener son chien, un énorme saint-bernard, qui la trimballait en bavant partout sur son chemin.

Au début, maître Soulard la récompensait en lui offrant un petit supplément à l'occasion. Mais depuis que Ruth Lanteigne l'avait presque réduit à la faillite, c'était Gertrude qui, fréquemment, le tirait du pétrin en lui refilant de l'argent. Et Michel, qui connaissait sa générosité, abusait de ses largesses en la vantant outrageusement. Il lui répétait sans arrêt qu'elle était une «perle rare» et Gertrude le croyait.

Une nuit de pleine lune, elle avait même rêvé qu'Igor de Pourceaugnac, tout vêtu de blanc, se promenait librement dans sa chambre. Il était rayonnant. Il ne lui parlait pas, mais elle entendait sa voix. Il lui disait : «Sois patiente, ma belle Gertrude, et l'homme que tu aimes t'épouseras.» Au début, elle se sentait craintive, puis, la curiosité aidant, elle avait osé lui parler à son tour. Elle lui avait demandé : «Cet homme-là, c'est Michel?» et le spectre d'Igor avait hoché la tête. Quand elle s'était réveillée, il avait disparu, mais son odeur embaumait encore la chambre et elle affirmait avoir vu, de ses yeux vu, des traces de pas sur le tapis. Depuis, elle attendait patiemment que Michel se décide et priait soir après soir pour que «la volonté de saint Igor de Pourceaugnac soit faite»…

— Et alors, Gertrude, comptez-vous assister à ce cocktail?

— Mais vous n'y pensez pas, maître! Jamais je ne reverrai des gens qui ont trahi la mémoire d'Igor!

— Pourtant, je croyais…

— Au cas où vous ne l'auriez pas remarqué, je suis une femme fidèle!

— Je sais, Gertrude, je sais!

Épilogue

En récupérant le manuscrit qu'elle avait confié à Igor de Pourceaugnac le jour même de sa mort, Anaïs Blain n'a pas pu résister à la tentation de relire toutes ces pages chiffonnées, retrouvées par les policiers sur le plancher de la salle de séjour où Igor, par habitude, se retirait pour travailler.

Assise dans sa vieille chaise berçante, Anaïs a d'abord pris le temps de renouer avec ses personnages. Puis, se laissant bercer au rythme de ses propres mots, elle s'est mise à lire à haute voix pour s'imprégner davantage du texte et partager les émotions qu'Igor de Pourceaugnac avait pu ressentir en parcourant ces pages.

Anaïs avait placé Igor devant un miroir truqué où un personnage inventé lui renvoyait l'image, à la fois réelle et déformée, d'un être mal aimant autant que mal aimé… qui lui ressemblait quelquefois comme un frère.

Profondément troublée par ce qu'elle relisait, Anaïs s'attardait au hasard des chapitres. Elle caressait les plis qui sillonnaient la feuille, puis, déployant sa main toute grande, elle la refermait brusquement et tentait de retracer, en reprenant le geste, l'empreinte des doigts d'Igor sur le papier froissé. Deux cent soixante fois, il avait serré le poing, mais ne s'était pas rendu au bout du manuscrit. Il lui restait encore quarante-trois pages à lire quand il s'est suicidé...

N'eût été la gravité du geste, Anaïs aurait pu écrire qu'Igor de Pourceaugnac venait de faire sa marque dans les annales de la littérature en devenant le premier éditeur assassiné par un roman !

Lorsqu'elle a tourné la dernière page, la romancière possédait enfin son sujet. Au risque de voir Igor de Pourceaugnac ressurgir de sa tombe, elle allait remanier son manuscrit en y insérant tous les témoignages susceptibles d'éclaircir le mystère entourant sa mort. À son insu, Igor de Pourceaugnac allait se réincarner dans la peau d'un héros; le héros du premier roman publié dans la collection Affaires classées :

En apparence, le silence...

De loin, Ginette Corbeil n'avait rien vu, rien remarqué, si ce n'est le mince filet de lumière qui éclairait le balcon par la porte entrouverte...

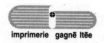

imprimerie gagné ltée

IMPRIMÉ AU CANADA